LETRAS MEXICANAS

Los textos del yo

CRISTINA RIVERA GARZA

Los textos del yo

FONDO DE CULTURA ECONÓMICA

Primera edición,   2005
Primera reimpresión, 2006

Distribución mundial

Comentarios y sugerencias: editorial@fondodeculturaeconomica.com
www.fondodeculturaeconomica.com
Tel. (55)5227-4672 Fax (55)5227-4694

Empresa certificada ISO 9001:2000

Diseño de portada: Pablo Rulfo

D. R. © 2005, FONDO DE CULTURA ECONÓMICA
Carretera Picacho-Ajusco, 227; 14200 México, D. F.

ISBN 968-16-7494-4

Impreso en México • *Printed in Mexico*

SUMARIO

dos epígrafe

*Llegar al punto en que no sea importante
hablar del yo o no hablar del yo.*

DELEUZE Y GUATTARI

pronombres

*Decir yo es anonadarse, volverse un pronombre
algo que está fuera de mí.*

ALEJANDRA PIZARNIK,

Diarios

LIBRO I:
LA MÁS MÍA

Para los doctores Rogelio Revueltas
y Héctor Flores

Aneurisma: m. (del gr. aneurusma, *dilatación). Tumor sanguíneo causado por la dilatación de una arteria.*

1
[hospital de neurología]

Hay un hombre entre nosotros
los que aguardamos la muerte, los que estamos
    despiertos
    desde el alba hasta el advenimiento del alba
sobre sillas de plástico color naranja y los huesos rotos
    de tanto ir
hacia el vidrio de la esperanza
hacia la burla inminente de la esperanza   *personificación*
hacia la crucifixión puntual de la esperanza.

Alguien acaba de morir. Son las 3:20 de la mañana.

El hombre entre nosotros está sentado como nosotros
con los codos sobre las rodillas y los ojos estancados
    en este afuera del mundo que es un mundo
    antiséptico y claro
el residuo alrededor y abajo y atrás de todo lo que es:

15

una burbuja de piel casi humana cruzada de sondas
    amarillas
    por donde entra el aire y sale la súbita falta
    de aire;
un mundo de isodine y yodo y otros olores sin olor
que borran el olor de los cuerpos en su propia
    malformación
sus propios errores, sus propios tumultos, sus propias
    y genéticas imperfecciones;
un mundo acechado por el azar de dios y rodeado
    de ventanales ilesos
ventanales impávidos
muros de córneas bruñidas por la luz urbana de marzo
que todo lo aleja y todo lo difumina;
un mundo donde algunos visten de blanco y caminan
y otros muchos visten de negro y callan inmóviles
    porque alguien acaba de morir
aquí donde son siempre ya las 3:20 de la mañana
y donde se muere en el sueño lógico de los sedantes
    y el no saber
que ya no habrá más, nada más, para nosotros
los que esperamos con el pulso disminuido
    de no querer sentir
deseando con todos los dientes ese letargo suyo
    de nunca saber
que nos quedamos aquí, hora tras hora, encendiendo
    cigarrillos
bebiendo café negro, imaginando al hombre que está
    entre nosotros
dulce y voraz como ninguno
encerrado en el cántaro de la sed y el cántaro
    del deterioro

[anotación manuscrita:] tiempo no pasa

nuestro como el animal que llevamos dentro
que es inaccesible a nosotros los que sabemos de morir
y de soportar la sobrevivencia desde la medianoche
hasta el advenimiento de la medianoche.

2
[lo que veo a mi alrededor]

La mujer que encontró la inmovilidad despúes
        de la última rabia del último día
después de todos los otros días y todas las otras rabias;
el epiléptico de Zacatecas que tiene hambre y no ha
        comido en dos semanas
el que llega reptando de la ciudad con la lengua
        y las manos y las piernas y los ojos
convulsionados por grandes ataques mientras repite
        la palabra *estrella*
        la palabra *madre;*
la muchacha de veintiuno a la que han operado
        veintiún veces, una y otra vez, cada año
podando infructuosamente las ramas verdes del árbol
        magnífico
esa planta carnívora que crece en el centro mismo
        del cerebro
        y por ello hermosa y por ello indescifrable

(como las minas olvidadas de una guerra perdida antes
        del inicio
antes de los pronunciamientos y antes de los cánticos
        y antes de saber que habría guerra)
y por ello trágica y por ello deleznable como el único
        enemigo dentro del cuerpo que es el cuerpo
        mismo;
el muchacho casi niño de largos brazos y largas piernas
        llenas de piquetes
el que está tendido sobre un lecho desinfectado
        con los ojos a medio abrir y a medio cerrar
como quien añora el sol sin haber sol dentro de esta
        vasija blanca
el que respira con el tubo de plástico azul entre
        los labios abiertos
con las manos atadas y los pies atados porque no es
        un enfermo fácil
con la madre sola leyendo en voz alta los pasajes de
        un libro irreal
palabras subrayadas por la nube púrpura y desigual
        del cemento y la morfina:
"vine a Comala porque me dijeron que acá vivía
        mi padre";
la mujer, la más mía, en cuya carótida flota el globo
        frágil, el globo cruel de un aneurisma
la malformación congénita y silenciosa que la tiró
        de bruces bajo la regadera de las siete
y nos la entregó después, días después, meses después
con el cerebro lleno de las palabras sin sentido de la
        poesía y los 28 años que decía volver a tener.

En el alrededor veo a mi madre.

la más mía

3

[¿a partir de qué lugar comienza a ser
peligroso seguir alejándose? SAM SHEPARD]

Son las seis de la tarde
es la hora en que los hombres callan y las mujeres
    dicen la verdad.
La media naranja de luz reúne a los que todavía no son
    amantes en las calles.

Hay tres cicatrices en la mejilla izquierda del aire.

Hoy quiero hablarte como los árboles: con sombras
en el silencio más negro
quiero ser la estática temeridad del paisaje, el contexto
el verbo permanecer.

Ahora. Por primera vez.

¿Hace cuántos años que no estaba a tu lado
    escudriñándote los pies?

¿Cuántas auroras viste que yo no vi contigo?
¿De qué tela era el dolor que nunca compartimos?

Me alejé de todos con el tiempo pero al inicio me fui
    de ti.
Entonces bastó con abrir la ventana del lenguaje
    para montarme en la grupa del aire.

Te digo que la lejanía me dio un esqueleto,
    una historia, una leyenda.
Te digo que en las pasturas de su lengua conocí
    el trapecio del *yo* y lo usé como un abismo.
Todo en el horizonte parecía preñado de luciérnagas
    a punto de ser y de no ser.
Una ficción.

Te digo que con manos de trementina la lejanía me
    hizo tragar artificiales alimentos
líquidos verdes en las mañanas y sólidas acuarelas
    cuando ya todo era tarde.
Nada te dolerá, murmuraba. Y nada dolía.
Te digo que las dos éramos dúctiles amantes.
La lejanía me regaló una morada sin techos
    y un rombo y diez dedos de tinta.
Todo lo que yo tocaba se teñía de azul, te digo.
    El cielo, la respiración, mis huesos.
Un azul definitivo.

Te digo que mi cuerpo se tendió como una hilaza
    entre las sílabas de las palabras no estar.
Ninguna bala lo tocó, ningún rasguño, ningún deseo.

Ella fue buena conmigo, te digo. Me cuidó
        con sus destellos.
Como una madre me amamantó de olvido y me creó
        todas las células con genes nuevos.
Ella se convirtió en mí y yo fui siempre toda de ella.
Hueso a hueso
muñón a muñón anochecido
cartílago a cartílago
todas las moléculas.

Te digo que su bondad era infinita y estaba hecha
        de un aire con olor a membrillo
que me llenaba la nariz con su arco y con su flecha.
Te digo que la quise más que al lenguaje,
        más que al origen, más que al destino
que deposité entre las flores de sus puertas.
Te digo que con su anzuelo bien hendido
        en el pabellón del paladar
la lejanía me llevó corriente arriba hasta llegar
        al manantial donde todo fue silencio.
Nunca supe que tenía frío.
Nunca pude identificar el hilo que me cosía
        los órganos por dentro.
No tenía necesidad.
No usaba vestidos.
Nada me hizo virar la cabeza ni volver la vista atrás.
Te digo que sólo tenía ojos para la eternidad.

Pero reconocí tu voz una tarde como ésta a la hora
        de las seis
cuando la alarma de sirena se coló bajo los muros
        y me atravesó la piel.

Fue cuestión de unos segundos
        un boleto de avión, dos maletas.
Regresé a ti con toda mi urgencia.
Tú estabas a punto de morir y yo estaba solamente
por primera vez.
Cierta como una raíz y enmohecida como las bisagras
        de las puertas.

Entonces entendí a Vallejo y entonces repetí:
        nunca lo lejos arremetió tan cerca.

Te digo que quiero tener la voz del árbol que plantaste
        dentro de mí.
Te digo que soy la fruta y el jugo de la fruta que deja
        el escozor bajo la lengua.
Te digo que me tomes como a una plaza,
        un continente, un país.
Son las seis de la tarde y voy de camino hacia ti.

4
[éste es el momento de hablar]

La más mía está postrada dentro de su cuerpo.
Bajo la bóveda del cráneo
en la magnífica flor gelatinosa y rosácea del cerebro
con la simetría exacta de su lado izquierdo y su lado
        derecho
en la raíz del solitario tallo perfecto y vertical
donde las venas se enredan y estallan las puntas
        del sistema de los nervios
mi madre es un pétalo dentro de la caja de su cuerpo.

La dadora de vida
la por sobre todas las cosas dadora de la vida
cayó dentro de sí misma.

Éste es el momento de hablar.

Están los días, los muchos días y años atrás, al inicio,
        en que no te quise.

Los días en que crecer en mujer era un dictamen
    insensato y maligno.
Los días en que tu fuerza de mujer sólo acrecentaba
    mi debilidad de mujer.
Los días y muchos años en que tu mundo
    de manualidades y sonrisas y horas exactas
no podía ofrecerme nada para alejar el aburrimiento
    de crecer en mujer.
Siguieron los muchos años y los tantos días bajo
    la cara del daño.
Porque para doblegar a tu mundo sin ángulos,
    a tu mundo de marea y de espumas
al mundo en que la sentencia suprema y de por vida
    era crecer en mujer
tenía que encontrar el mecanismo pequeñísimo
    de la astilla en la palma de la mano
la fractura exacta en el talón de Aquiles y todos
    los otros talones de todos tus pies
puño de sal que hace parpadear los ojos a fuerza
    de arder.

En los días en que el daño fue un alfiler de luz capaz
    de despertar la vigilia de los inocentes
están las horas, las infinitas horas de la promiscuidad
    estratégica de los cuerpos
están las noches en que esta guerra entre tú y yo
    violentó los sexos de los hombres
    y de las mujeres
    entrelazados sobre lechos de alcohol
    y anfetaminas
en la planicie vasta y agria de los brazos que se abren
    para cerrarse.

Están las madrugadas que encadenaron cada una
        de mis extremidades a cada una de las tuyas.
Los meses de fuga hacia el pacífico y el *speed*
        y la explanada sin gente de la cocaína
donde la prisa volaba con alas de cal entre
        los monumentos grises de la realidad.
Están los muchos segundos sombreados
        por los moretones de la poesía.

Y cuando el daño terminó de confeccionar mi soledad
        de mujer mía
mi armadura de mujer sólo mía
volví a casa para encontrarme contigo.
Venía de la noria, de días y más días sin baño
        ni alimento
escapando de la rueda de la fortuna y de la rueda
        del infortunio.
Entonces empezaron los otros, muchos días y más años
        y más
en que te amé como si nunca te hubiera conocido
        antes.
Con rabia
con la discreción que provoca el miedo y la timidez
arrojé el animal de mi amor a tu mesa redonda
        de ocho lugares
a tus ventanas sin cortinas y la calefacción incesante
        de tu entorno
a tu fuerza de mujer por sobre todas las cosas
        implacables y disímbolas.

Están los días y muchos años en que el animal
        descubrió el sosiego entre tus manos.

Y mi soledad de mujer y mi armadura de mujer
        pudieron ser débiles
y pudieron escapar, en su inermidad, de su soledad
        y de su armadura
para ser sangre de tu sangre
pan de tu pan
cuerpo de tu cuerpo en el que estás adentro
tan mío como tuyo y más mío que tuyo en estos
        muchos días, algunos meses
que llevamos postradas ante la flor gelatinosa y rosácea
la flor nuclear
la imperfecta flor de nuestro cerebro.

5
[la probabilidad]

Hay que hacer trámites y firmar papeles.
Tenemos que autorizar la sierra que abrirá el abismo
      en el cráneo
el filo del escalpelo que hunde y horada
la aguja que se llevará el líquido raquídeo a otro lugar
dejando al cerebro pequeño y seco como el interior
      de una nuez.

Tenemos que estar conscientes.
Escribir los nombres que tú creaste al pie de formatos
      desteñidos
disculpando de antemano el error si ocurre
      o celebrando el azar
que también puede ocurrir si dios tiene ganas
si dios, por segunda vez, nos muestra el lado dulce
      de su cara.
Después tenemos que esperar los designios
      de la probabilidad.
No podemos hacer más.

6
[hora de visita]

De tres a cinco, cuando podemos respirar y dejar
    de mordernos la uñas
está prohibido sentarse cerca de ti a la orilla
    de tu lecho angosto y sin olor
pero me siento cerca de ti
y eres tú y no yo la que desgaja las mandarinas.

Esta es la hora de volver a hablar.
Yo soy la decepción
la única de tus dos únicas hijas que logró sobrevivir
    a la tortura
la condena de crecer en mujer;
la que salió corriendo del valle más alto y la ciudad
    más mezquina
en dirección contraria al volcán de todos nuestros
    veranos y todos nuestros inviernos;
la que prometió nunca regresar bajo ninguna
    circunstancia y está de regreso.

Yo soy tu decepción
la única de tus dos hijas únicas que quedó viva
    sin dulzura
    sin piedad.
La que se aferró a una armadura de piel y vidrio donde
    nada tiembla y nada es lo que es.
Vil entre todas las mujeres y vil el producto del vientre
este aire sin ojos, sin venas, sin más frente que el vacío
    de las palabras juntas.
Infame como pocas y avara de luz, tu hija.
La que compró coche y casa y todos los pequeños
    lujos de la responsabilidad que tú admiras
de la que tú hablas tanto ante conocidos
    y desconocidos.

La otra única hija, la ungida de amor y sedienta
    de amor
la que sí concibió el hijo
la que echó raíces en el valle más alto y en la ciudad
    más mezquina
la de las manos perfectas para la enfermedad
    y para la caricia
la que debería estar aquí
sentada a tu lado ofreciéndote el consuelo que sí sabe
    entender y dar
ésa está muerta
enterrada y muerta desde hace siete años
enterrada y muerta a los pies del volcán del valle
    más alto
enterrada y muerta en la ciudad más mezquina
    y más fría

enterrada y muerta y vuelta huesos y vuelta polvo
    y vuelta escándalo.

Yo soy la que queda
la única que te queda.
Errante entre todas las mujeres que has conocido
    o conocerás
la que no oye las palabras de conmiseración ni sabe
    del refugio de la paz
a la que nunca tocó la mansedumbre con sus dos alas
    estáticas
la que entre tres y cinco y aún a tu lado no puede
    hablar ni pestañear ni extender los brazos
la astilla que no te dejará morir y te forzará a regresar
    una y otra vez.
La decepción más tuya y más íntima
que te mantiene en vela, que te mantiene en vida
    desgajando mandarinas.

no es poema prosaísta (handwritten annotation)

7
[una corona de aire gris]

Qué viento tan lleno de ruidos.

Qué grisura de golpe sobre el ventanal de viernes
una y otra vez qué nerviosismo cargado de gérmenes
este aire que agujera la nariz y quiebra en dos
        el paisaje del cerebro
éste que arrastra jacarandas olorosas a sexo entre
        las plantas de los pies.

Qué mañana tan larga.
Las horas que nunca terminan saben a números bajo
personificación (handwritten annotation) la lengua.

Si pudiera sería un perro azul celeste
las líneas blancas de un bebeleche dibujadas
        en el pavimento
un collar de amatistas deslizándose sobre clavículas
        de mujer

las canicas redondas en el tablero de las damas chinas
un árbol de ciruelos
algo contento
algo sin la corona de todo este aire gris sobre la cabeza
      que tal vez es el último quejido de dios
      que tal vez no es la gracia sino la sentencia
de todo lo que se detiene sin brújula en las cartografías
      de lo que está enfermo.

Pero qué viento sin nombre azota nuestros cuerpos
      de estatua
qué falta de oxígeno en esta mañana que es todas
      las mañanas de todos los viernes
cuántas hojas de periódico al ras del suelo.
Aunque quisiera no podría ser un juego de niños,
      un perro feliz.

hablaste → madre

8
[el hombre que era el diablo del deseo]

El hombre que tú soñaste para mí llegó con la piel
      equivocada que era roja
llegó despidiendo el aroma indistinguible del azufre
      de su tierra bajo la tierra
llegó con las pezuñas de cabra y con los ojos de ciego.
El hombre que yo temí desde antes que existiera era
      tu deseo
y era mi pesadilla.
Él iba a abrir mis rodillas y a sacarme del sexo el hijo
      que tú querías.
Él iba a apretarme las bridas y a domarme las ansias
      con la disciplina del amor
con la obediencia amarga del amor.
El hombre que tú deseabas para mí era más poderoso
      que yo.

Él iba a retozar en mi lecho y a beberme la sangre
      noche tras noche y durante el día.

Él iba a darme la palidez y la debilidad y la cordura
     de lo que es dulce y está muerto.
Él iba a desdoblarme como un mapa y a colocar
     las banderas de su conquista sobre mis senos
sobre el ombligo, dentro del sexo y en todos mis huesos.
Él iba a llevarme a su casa y a construirme un mundo
     como el tuyo.
Pero el hombre que era el diablo del deseo que tú
     querías para mí
aquí dentro de mi sexo
doblegándome de placer y callándome con la lengua
     húmeda de sus besos
tuvo que medir sus fuerzas con las mías.
Él tuvo que darme su sangre noche tras noche
     y durante el día.
Tuvo que sentir el mástil de mis banderas sobre sus
     ojos, sus brazos, su sexo.
Tuvo que saberse pálido y débil y cuerdo como
     lo que es amado y dulce y está muerto.

Él tuvo que vivir en la casa que yo construí.

Y justo como yo antes de que él existiera en mí
     él me temió y él me maldijo
y maldijo el amor, la disciplina feroz del amor
la injusticia y la desigualdad de todo el amor.

Entonces

sin saber
sin notarlo apenas
llegó la mujer que tú nunca soñaste para mí.

9
[te imagino feliz]

Dentro de la luz amarilla del hospital que deforma
    los rostros
y deja una pátina de horror sobre los cuerpos
    en la cuerda floja de la vida
con los pies sobre el abismo incógnito de lo que ya no
    es vida
donde la orquídea del dolor nos abraza a todos por igual
tú sigues siendo magnífica.

La enfermedad te ha regalado el frágil caer
    de la llovizna.

Tienes veintiocho años otra vez y luego aún más pocos
    y luego menos
todavía no has salido del vientre de la otra mujer
    que llora sin llorar
porque el hijo mayor, el único varón en la larga secuela
    de las mujeres de tu casa

acaba de caer de un caballo veloz y torpe sobre
    el sembradío de frijol
rompiéndose la cabeza y muriendo instantáneamente.
Deberías haber llegado después pero llegaste un quince
    de octubre y de pies.
Fuiste la cuarta hija de seis. Y te pusieron Hilda
en nombre de ninguna tía ni hermana ni abuela
    ni prima ni pariente alguno.
Y entonces la madre tuvo el nombre propio y creció
entre capullos de algodón y sandías remojadas
    de sereno
en esa esquina del país de donde vienen
    los narcotraficantes y los contrabandistas
hasta que llegó la plaga y luego el huracán y la tierra
    se llenó de sorgo
y tú caminaste entre los surcos anaranjados
    del atardecer que es el sorgo
como quien mancha el sol con sus pasos y es feliz.

Quiero imaginar que tu infancia fue feliz como
    ninguna otra.
Que los días en que caminabas tres kilómetros
    para llegar a la escuela te hicieron feliz.
Que la complicidad de mujer que fabricaste con todas
    las mujeres de tu casa te hizo feliz.
Que no ir a la iglesia te hizo feliz y única
    diferente a todas las otras que se arrodillaban
    y pedían perdón y recibían el castigo de dios.
Que las convulsiones esporádicas de este enemigo
    subterráneo y fatal en la crisálida de cerebro
no pudieron nada contra toda tu felicidad.

Conociste al hombre, al único hombre como
    el que todavía deseas para mí
y te casaste sin que posesión alguna mediara en este
    cuerpo de veinte años
que ahora limpio y acaricio con la esponja de agua fría
    que te hace temblar sobre la cama
todavía entumecida de vida y todavía entumecida
    de esperanza.
Y aquí, de entre estas dos piernas que conocieron
    el placer y el único placer
salí yo como tú en octubre bajo un cielo asintomático
    y simplemente otoñal.
Y me parecí al padre y no a la madre y te perdí.
Luego de estas mismas dos piernas que conocieron
    el placer y el único placer
salió la otra única hija que por sobre todas las cosas
    se pareció a ti y te ganó para ella.

Quiero imaginar que tu juventud fue también feliz
    como ninguna.
Que las mudanzas de este a oeste y luego de norte
    a sur te hicieron feliz
gitana de 28 años y cigarrillo en boca y alcohol
    cristalino.
Que cuando llegaste al valle más alto y a la ciudad más
    mezquina fuiste feliz
observando la corona del volcán de todos nuestros
    veranos de aguaceros y granizos y fríos
y todos nuestros inviernos secos y azules y también fríos.

Y pasaron los años y la madre no conoció otra cosa
    más que la felicidad

hasta que llegó ese julio de hace siete años cuando dios
     nos olvidó
cuando la humanidad entera nos dio la espalda
     y nuestra carne conoció el dolor
tú cruzabas el mar del norte bajo los vientos grises
     de una tormenta con ruidos humanos
y tu única otra hija caía sobre su propio lecho segada
     como todas las cosas
por el lugar más débil que es el cuello
que es el sexo
mujer que crece en mujer con la debilidad
     y la testarudez más íntima.

Y la madre sobrevivió
tan magnífica en el dolor como lo había sido antes
     dentro de la alegría.
Y todos los que arrastraron la sombra de espuma
     dentro de tu casa sobrevivieron
y los que nos alejamos de tu casa como quien se aleja
     de una peste tuvimos que regresar
al valle más alto y a la ciudad más mezquina
     que he detestado por sobre todas las cosas
para encontrarte perdida en las palabras absurdas
     de la poesía y tus perennes veintiocho años
para asear tu cuerpo delgadísimo sobre la cama blanca
     y sin olor
y contar una a una las cicatrices que compartimos
     sobre los mismos huesos
bajo la luz amarilla del hospital que todo lo deforma
     porque todo lo descubre y todo lo agiganta.

Y la madre es la orquídea.

10
[testigo ocular]

Yo las vi
las manecillas persiguiéndose una a la otra
        dardos, hormigas punzando bajo las manos
una, dos, tres, cuatro, cinco, ocho vueltas
dentro de la boa circular de la mirada. El latir
        de los dientes. La eternidad.

Eran las ocho de la mañana cuando la hoja de metal
        rasgó la pantalla del cerebro
y casi las cuatro de la tarde cuando la aguja cosió
        los jirones del miedo.

Nunca habías estado tan lejos de mí.

¿Dónde estabas cuando no estabas en ningún lado?
¿Cómo es el mundo detrás del telón de los párpados
        sellados?
¿Sabía a algo la carne de la lengua?

No te vi partir. No pude. No quise.
Dijeron que yacías sobre la camilla como una hoja
      recién cortada
una soga sin nudos
la fruta madura que se desparrama sobre la selva.
Fue entonces que te convertiste en un cuerpo y nada
      más que un cuerpo:
dos brazos, dos piernas, una cabeza, venas.
De pronto ya no fuiste mi madre ni la madre de otra
      hija muerta
lejana, perdida dentro de la noche de ti misma eras
      el mecanismo descompuesto
el objeto quebradizo que se envuelve en lienzos
      de papel de china
y se guarda en la caja de las palabras, la esquina
      de la respiración.
Dijeron que ya no estabas ahí cuando tuzaron
      el cabello
y colocaron las sábanas sobre el torso, las piernas,
      los dedos.
Dijeron que no sentiste nada.
Que dentro de la anestesia no se siente nada.
Es como la niebla, dijeron. Una cortina.
Y yo la vi
mis ojos escudriñaron la blancura de su tela.
Dieron dos pasos adentro.
Temblaron.
Parecía de seda pero era de cal y sudor y adrenalina
una mortaja de autismo
una torre de marfil erguida dentro de las venas
el pasillo rectangular del sótano a donde no llega
      el humo de la cabeza.

Pensé en una vida sin ti y mis ojos la vieron:
un mendigo en el centro de la ciudad en llamas
el paisaje inmóvil después de todas las batallas
un desierto sin voz y sin acacias.
Hilda, dije, no te vayas.
A cada minuto tu nombre dentro de mis labios
        como un talismán de menta
el martillo que rebota una y otra vez sobre la superficie
        de un reloj de arena.
No me dejes. No te atrevas.
Ocho horas con tu nombre a cuestas.

Hubo sangre, dijeron al final, una hemorragia.
Uno, dos, tres, cuatro, cinco litros derramados sobre
        la tierra.
Después, la irrevocabilidad de los reportes en forma
        de telegrama:
Estamos tratando de salvar su vida. Con el favor de dios.
        Las próximas 72 horas.
Y vi las horas y tomé sus manos y me recosté
        en la cuna mullida de su regazo
tan quieta como tú, tan maltratada como tú, tan llena
        de moretones como tú.
Esperaba cualquier cosa con mis ojos suspendidos
        sobre las manecillas del reloj.

Eran las 3:40 del tercer día cuando tus ojos se abrieron
        sobre los míos.
¿Qué hora es?, preguntaste.
Es la hora de respirar, ésta.

11
[dudas primeras]

Desde donde estás callada como un tronco
álaga sempiterna
dime
¿me escuchas todavía?

Hay un lugar dentro de mí donde te abres
        con la simplicidad del surco.

Mi almocárabe
mi niña buena
ya estamos solas otra vez como al principio. Dentro
        del grito.
Dime
¿te duelo tanto como me dueles a mí?
¿reconoces esta condena?
Por favor, contesta.

12
[el amor es dar lo que no tienes a alguien que no lo quiere. JACQUES LACAN]

Hay historias que sólo se pueden contar cuando nadie
  oye y todos callan a tu alrededor.
Estás dormida otra vez murmurando en sueños
  las palabras inarticuladas de la poesía.
Dices: quimera. Dices: veintiocho años. Dices:
  el autobús azul.
Y entre los tubos de plástico que entran en tu cuerpo
  y salen de tu cuerpo
introduzco este silencio. El más mío. El más perfecto.
El hombre amado.
Nunca te conté de sus pupilas negras y de su voz
  el sonido de pájaros perdidos en el horizonte de ciertos
   atardeceres grises
  la espada de luz que atraviesa los cuerpos en algunos
   días de invierno.

Quiero que lo veas verme dentro de este texto
    de reflejos.

Estamos fuera de las palabras y justo en el límite
    de todo lo que es.

Al principio, al principio de todo está su voz y antes
de los manidos gestos de su seducción de hombre
antes del tren que sale de la estación Salazar y llega
        hasta Buenavista
antes de esa luz oblicua que cae sobre el volcán muerto
antes de los hoteles pobres para estudiantes o viajeros
        o amantes sin dueño
antes de los atroces parques que él imaginó llenos
        de crisantemos
antes del sexo apresurado y febril de dos que nunca
        tienen tiempo o quieren tragarse el tiempo
está el abrazo de ese saber absoluto de las plantas
        y los animales.
El abrazo de la realización.
La inmovilidad.

Fue durante los días que estuve más lejos de ti
porque el hombre amado fue el padre y la madre
        y el hijo y el ancestro
el espacio súbitamente vacío y súbitamente lleno
        de la respiración
y por sobre todas las cosas el lago sin orillas
        del desconocimiento.
El lugar donde el cielo se abre con los agujeros
        luminosos del sexo.

Fue durante los días en que su cuerpo me hizo pensar
en dios.
Escribí:
Religión, como yo la entiendo

Como tú Santa Catalina
navego por su sangre
y cada beso me hunde en la mansedumbre
exacta
de la posesión.

Cuando lo toco, señora de Siena
como tú tiemblo
y quiebro los cristales del pensamiento.
Entonces me recuesto
junto a su costado herido
de mí
y rezo
y creo
este éxtasis de anhelo.
Esta completa revelación del deseo.
Así van apareciendo sobre mi boca
las estigmatas de su vuelo.
Tengo fe, señora
lo tengo.

Durante los primeros pocos días
en que la premonición lo hacía dejar
recados telegráficos bajo mi puerta antes de entrar
a la ciudad
cuando toda la ciudad se convirtió en el mapa donde
sólo brillaba el mercurio de su semen

que era la cruz del sur y la estrella polar de todos
    los designios marinos y terrestres.

Durante los primeros pocos días en que sentir
    era sentir extrañamente.

Y antes de que llegara la realidad con su relojes
    de venas y de dientes
antes de que dejáramos de vagar por las calles
    como dos desempleados
o como los adolescentes lánguidos con toda la vida
    y toda la muerte por delante
cuando el abrazo todavía fulguraba con ese saber
    absoluto de las plantas o de los animales
yo estuve en lo correcto y lo tuve y me tuvo como
    se tiene el segundo en que todo resplandece.
El instante.

El hombre amado del que te cuento mientras tú duermes
    sobre la cama de los sedantes blancos
extraviada en el más allá de no sé qué tantos sueños
    lógicos donde él se encuentra y me ve
y yo te veo verlo mientras habla a monosílabos
    con la luz de ozono, la luz diluida de noviembre
deletreando tal vez estas palabras o unas palabras
    muy parecidas a éstas
detrás de las ventanas sucias de los muchos años
    en que el instante se convirtió en reflejo
de lo que no tiene consecuencias y se desliza abajo,
    a un lado, alrededor de todo lo que es.
El hombre de los ojos negros y la voz de ciertos
    pájaros perdidos debe permanecer allá

fuera del texto que no es para él sino para ti cuando
     no escuchas
cuando nadie oye en realidad y yo puedo por fin
     introducir este silencio enfermo
este silencio herido de muerte natural
en el lugar de tu cuerpo donde todo se vuelve
     una prosperidad de espejos.

Estamos en el momento del después que es largo.

Míralos encontrarse año tras año en el mismo lugar
     y el mismo lunes a las mismas 4:15 de la tarde.
La lluvia cae o cae la luz sobre el duro suelo
     de la ciudad por donde van sus pasos.
Óyelos intercambiar noticias vanas, reseñas del otro
     espacio.
Aquí no está pasando nada.
Siente el nerviosismo de las manos ciegas que buscan
     las orillas del instante sobre los otros huesos.
Mira cómo se les escapa porque es aire y es agua
     y todo lo que está alrededor de lo que es.

Escribí, después:
Fuera del dogma del amor.

Donde entra el amor
se esparce con ternura el vicio:
esa mansedumbre falsa
la derrota supuesta del sí mismo.
Todos queriendo saber
y todos sin remedio ignorando
con el tiempo.

cuando el amor muestra la cara
se queda con la cola entre las patas
el vicio.
También las flores son asesinas.

Durante los muchos últimos días en que la realización
      lo hacía dejar
caricias como astillas en los muslos y los ojos
      y los lugares más blandos del cerebro
cuando la ciudad se convirtió en el túnel a donde iban
      a dar todos los muertos a destiempo
los que herían de tanto morir, de quebrarse tanto bajo
      el enramaje del miedo o del deseo.

Durante los muchos últimos días en que sentir
      era todavía sentir extrañamente.

Cuando dejamos de ser de pan y nos dimos a la tarea
      de producir alfileres con los labios
ya sin la vida pero sí con toda la muerte por delante
cuando el abrazo se transformó en el monumento gris
      al que visitan los niños en tardes de domingo
el mejor cuadro entre muchos otros cuadros
      de la exposición de un pintor sin talento
el zoológico hermético por donde vaga con desgano
      la jirafa de todos los sueños
yo estuve en lo correcto y quisimos ser mansos
      y derrotar al sí mismo y seguimos ignorando
como ignoran las flores que se alimentan de carne
      y exhalan el perfume de lo que sin remedio es
y seguirá siendo.

Estamos dentro. Ve. Es de noche.
Hay ruidos de cosas y de gente
Hay una película donde Simbad vence a todos
        sus enemigos marinos y terrestres.
El hombre amado humedece mis manos con el jugo
        agrio del limón de septiembre
y como en las novelas de Marguerite Duras él llora
        y lloro yo sin palabras
viendo algo o viendo nada a través de los ojos
sin poder decir qué es esto que se hunde bajo las uñas
esto que se enrosca alrededor del cuello
esto que rebana el abdomen y el aire y el silencio.
Esta asfixia. Estas ganas de salir corriendo.
Esta estatua punzando bajo las venas.
Este signo luminoso que inmoviliza.

Míralos.
Míralos mientras dices quimera y 28 años y autobús azul.
Míralos bien en este texto de reflejos.

El hombre amado todavía me cerca con la voz
        de mi único silencio
y sobre su cara yo reconozco por primera vez
        el semblante y el esqueleto de esta sensación
este resorte que me obliga a hablarte cuando
        tú duermes caída dentro de ti misma.
Míralos por última vez.
Es el dolor.
Ruégales que se muevan o que desaparezcan.

13
[alumbramiento]

En el hospital
donde el cuerpo es una aglomeración de órganos
las sílabas imperfectas de la palabra imperfección
la ventana sin cortinas tras la cual se desnuda
     el mundo
sólo débil o drogado o padeciendo una enfermedad
     mortal
sólo embrutecido de sedantes o de dolor
o de cualquier manera fuera del sí mismo
sin pudor.

Déjame ser de vidrio junto a ti
déjame cortar al que se nos acerque con la maldición
     de mis filos.
Déjame amputar de un tajo este edificio blanco
     de nuestros ojos
para volver a descansar en el paisaje de tu verdadero
     rostro.

Vamos, cuélgate de mí como la lluvia
enróscate alrededor de mis hombros y camina sobre
      la maraña de mi dorso.

Qué mis piernas sean tus piernas
qué mis manos se conviertan ahora en tus manos
qué mi corazón salte rojo y fugaz dentro del tuyo.
Respira por mis labios.
Fórmate dentro de mí.
En el hospital donde todo se quiebra
quiero darte a luz a ti.

14
[oyendo hablar de olga]

En las horas que no están entre las tres y las cinco
      de la tarde
cuando te vuelves nube de marzo y yo camino descalza
      dentro de ti
mientras atravieso al mismo tiempo la ciudad a inicios
      de primavera
vengo a esta casa sombreada de jacarandas donde vive
      la mujer sola
la que conocí hace 17 años en el salón de clase
      de septiembre
cuando nos volvimos amigas y enemigas y otra vez
      amigas y otra vez.
En estas tardes que se suceden lentas unas a otras
mientras me siento sobre la silla de frente a la pared
      que soy yo misma
me acompaña el silencio de la mesa y el saber absoluto
      de la planta

que crece, se reproduce y se seca justo sobre la repisa
   de las orejas.

A veces hay lluvia, ruidos de lluvia y de pasos
murmullos con olor a sal que se trasminan
   por las ventanas
carcajadas de niños jugando a perder y a ganar
gritos de hombres y de mujeres presos en el circo
   de sus cuatro brazos
ese gran teatro, ese repetido espectáculo
el maullido anochecido de los gatos.
A veces no hay nada. Muchas veces. Las más.
Pero cuando llega la mujer sola con la dura carga
   del día sobre la espalda
surgen las vocales y se hace el hormiguero
   de las palabras.

Ella habla de Olga hoy.
Olga que es mala y flaca y fatal como la diva
   de los cuentos.
Olga que pide dinero y nunca paga.
Olga que con una caída de ojos puede quitarle
   el pantalón al más diestro.
Olga que es la mal pensada, la lagartona, la forajida
   de una costa de Colombia
la antropófaga, la dama voraz escupiendo huesos
   usados por los dientes
la barbarie en persona
la mismísima hija de la chingada
la mujer esperpento de la que todas nuestras madres
   y abuelas y tías nos previnieron
la que todas deseamos ser alguna vez en ciertos juegos

detrás de los espejos, a través de la neblina, dentro
    del sexo.

Cuando no estoy contigo en estos días oigo hablar
    de Olga como quien oye el relámpago
la línea de luz que disuelve el coágulo de tu olor
    en el enramaje de mis arterias
el alfiler que me despierta la voracidad por lo ajeno
    que es la felicidad y la melancolía de la felicidad
la grieta luminosa por donde a veces se asoma
    el semblante del *yo deseo.*
El desparpajo de un reflejo.

Cuando no estoy contigo quiero estar siempre
    con Olga que no tiene padre ni madre ni hijo
Olga que no ha estado nunca en un hospital
Olga que camina con zapatos de cobalto detrás
    de los anuncios de la realidad
Olga que miente cuando dice la verdad
Olga a quien conocí hace muchos años dentro
    de la cueva de un espejo
    cuando la muerte y la vida estaban adelante
Olga a quién extraño tanto dentro del retablo
    de esta casa con amiga y palabras
entre el olor a sexo de las jacarandas.

15
[la casa femenina]

Anoche soñé la casa donde no vivo y no poseo
tenía los muros azules y una membrana de membrillo
    en el lugar del techo.
Olía a hierba fresca, a pies de muchacha sumergidos
    en el río.
La luz de los quinqués alumbraba el sosegado vuelo
    de los insectos.
La llamé estío porque me exigió un nombre a gritos
y entré en ella como se entra a veces en el sexo:
sin dudar y sin saber y sin pensar en los orificios.

Aire lleno de aire. Adentro.

Vi a través de las trece ventanas lo que se quedaba afuera:
el mundo ensimismado en su propio espejo
la edad lógica y absoluta donde todo es velocidad
la dictadura de los significados
la perfecta pulcritud del hospital.

Me dí la vuelta y toqué el piso, la mesa, la cama.
Me acurruqué bajo la cintura de su sombra.
Entonces el placer que es la felicidad me untó
        los muslos con su gasa.
Estuve frente a frente con la paz.

16
[medicamento]

Las ventosas de mi ojos sobre tu piel
el cataplasma de mis manos sobre tu piel
la penicilina de mi lengua sobre tu piel
el vendaje de mis palabras sobre tu piel
el ungüento de mi cuerpo que es tu propio cuerpo
    sobre tu piel.
Esta manta de piel sobre tu piel.

17
[par la nature, heureux comme avec une femme. ARTHUR RIMBAUD]

Tengo prisa.
Toda esta dulzura es ficticia.
He estado tan a punto de quererte estos días.
He estado a punto de decirte tómame como una plaza,
       como un continente, como un país.
Cuando me distraje sobre el ventanal y las cosas
       pequeñas se vinieron encima
estuve tan a punto de estar solamente
con los ojos abiertos del animal doméstico
       y la amargura de una licor de cassis.

Luego llegó la mansedumbre a sentarse sobre
       mis piernas
y como Rimbaud la encontré amarga y la insulté.

No puedo ser amable por tantos días.

Qué te cuide alguien más, qué otros se duelan por mí
qué sea otra voz la que hilvane uno a uno tus huesos.
Necesito una cama, un buen baño, una bata de franela.
Necesito como nunca necesité una chimenea,
        mi silencio, mi vieja cápsula de espejos.
Hay un lugar dentro de mí a donde tú no llegas: mi médula
esta rendija en la madera
este maniquí con el ojo bizco del que se enamoran
        las tuertas.
Necesito caminar sobre mis suelas feliz como
        con mujer por la naturaleza.
Necesito bailar flamenco.
Qué empiece la fiesta
qué regresen los cuerpos para saciar esta imbécil sed
        por lo perfecto
qué se abra una vez más el abracadabra del deseo.
Necesito tres cigarrillos, dos camellos, tu cerveza.
Que nunca más me conmueva el ancla de tu cama
        y de tu cuerpo
que tu corazón deje de latir dentro de mi sexo
que tu rostro deje de ser el revés de mi camisa
        y el envés de mi cielo.

Déjame en paz.
Tu convalecencia me pesa como un yelmo.

Necesito mis nubes blancas, mi maravilla de humo,
        mi gas.
Levántate mujer, anda conmigo por la naturaleza
        que tengo prisa
que toda esta dulzura es ficticia
que no podré engañarte por mucho tiempo más.

18
[*qué chiquito es el mundo;*
(plata sobre gelatina, 1942)]

Se encontraba casi en la esquina, supongo
cuando la vio aproximarse lentamente por la izquierda
y a él rápidamente por la derecha.
Manuel Álvarez Bravo tenía 44 años y algo estaba
          a punto de ocurrir en la ciudad.
Por fuerza.
Las nubes grises presagiaban tormenta en todo el atrás.
El fotógrafo esperó el momento y cuando estuvieron
          el uno al lado del otro
detuvo la respiración, el deseo.
El aire de la tarde meció los pañales blancos
          en los tendederos
y el mundo de repente se volvió pequeño.
Tal vez él efectivamente extendió los brazos y la cobijó
          bajo su aliento.
Tal vez ella lo tomó como algo perdido y encontrado
          al azar con el paso del tiempo.

Tal vez él le dijo *no te esperaba* y ella le respondió
    soy tu espejo
y ambos temblaron dentro del imán del esqueleto.
Existe la posibilidad de que los dos hayan sido mansos
    y simples, un sol abierto
la sonrisa que se alarga con los años entre los charcos
    del invierno.
Un par de ciervos.
Tal vez los dos recuerdan todavía el aguacero de 1942
    que les mojó la espalda y el miedo.
No sé en realidad si la vida los unió en un abrazo
o si tal vez como él y como yo 55 años más tarde
los dos pasaron a un costado del hospital
de largo.

19
[raya en el agua]

Te recuerdo con ballestas pulidas en las manos.
Vertical como la llovizna sobre la tierra. Empapada
    de fuerza.
Todo pequeño a tu alrededor: el mediodía y la leve
    inclinación del valle
este súbito encuentro con el manantial de la tarde.
Almoloya de Juárez.
Mira, dijiste, con los ojos sobre el agua. Hay una raya.
Soñabas con la aparición. La enunciabas.
Del otro lado del barandal las carpas se escondían
    entre las algas.
En el fondo apenas trémulo tintineaban las monedas
    oxidadas de viejos deseos.
Había hojas de sauce surcando el líquido sagrado
    como barcas.
Puse atención. La vi. La atrapé.
Una refracción de luz.
La línea de un cabello sobre el cráneo del misterio.

El limite que divide el lado derecho del izquierdo.
Tenía once años y protegida por ti
estuve a salvo de no ser amada.

20

→ epígrafe, no títúlo

*[you should not mistreat me, baby,
because I am young and wild.* BOB DYLAN]

No me pidas ternura.
Amantísima, la más mía, pídeme cualquier otra cosa.
Tengo los bolsillos repletos de carreteras bífidas.
Pídeme una fractura
la soledad del muro solo bajo la sola lluvia
gotas de adrenalina. Sombras de cal.
Yo nunca le canté a la rosa.

Si tienes miedo, pídeme heroína.
Si tienes hambre, pídeme lenguaje.

No me maltrates.
Pídeme sólo aquello que tú me diste:
esta dureza que hace menguar la luz a las tres
       de la tarde cuando me pongo a llorar por tenerte
       y nunca haberte tenido, inabarcable.

Pídeme la tensión que aprieta el nudo de la noche
        cavilante.
Pídeme lecciones del arte de no estar.
Dame chance.
Sigo siendo la misma salvaja que tú creaste.

Si tienes sueño, pídeme el paisaje.
Si tienes frío, pídeme las aristas de la tarde.

Pídeme números, noticias, algo contable.
Pídeme la burla que aprendí en tu boca de piña
la escaldada lengua, la herida.
Pídeme papel de baño, un premio, anfetaminas.
Tengo los ojos llenos de terrestres maravillas.
No me maltrates.

Te regalo mis muletas
toma la luz de neón de mis esquinas
quédate con los vagabundos que me enseñaron
        a magrear
quédate con este exceso áspero que nació en tu aliento
toma la calistenia inútil de mis huesos
te regalo toda junta mi frialdad.

Entre tú y yo, amantísima, la más mía, nunca hubo
        ternura
nunca entre nosotras existió la rosa
el candado unívoco del tallo
el aroma
los pétalos de las palabras juntas en la corola luminosa.

Si tienes dolor, pídeme un té de jeringas.
Si tienes necesidad, pídeme las muelas del azar.

Pídeme ajenjo.
Pídeme todas las puertas que no abriste cuando llegué
        a tu corazón desnuda.
Pídeme tu misma falta de piedad.

21
[la más mía]

La magnífica
la llena de sol
la más fuerte
la daga en el pan
la casa
la sin zapatos sobre la arena
la red y el pez dentro de la red
la por sobre todas las cosas
la cabrona
la todas
la más que todas
la verde
la infinita
la milagrosa
la que renace
la más mía.
La madre.

22
[primeras letras]

Leíamos diccionarios en la noche él y yo.
Tocábamos sin orden el oasis de la O
y oblaba el orvallo órfico Otomano
el omnívoro ombligo omicrón originario
el otoñal océano ofensivo, olvidado.
El oleandro.
El era el ojal onírico de la oración.

En la levadura de la L longitudinal
latíamos con la lasciva ligereza del láudano
y el loco libamen de los lémures.
Levitaba luego la leche lakista en el litoral del logos
y liaba el laúd el libidinal limen del lenguaje.
El era el lecho lila de la letra.

En la ganzúa ganglionar de la G y su galimatías
giraba geórgico el glorioso garbanzal geodésico
y gemía el giorno de las garbosas gramíneas.

La girándula. La ginebra.
En la glicerina del gerundio genitivo galopaban
        las garzas
y el garambullo geminado en gárgolas de gasa.
El era el garabato de mi genealogía.

Y en el ñisco ñorbo de la Ñ
tan ñufla, tan ñuridita, tan ñuta
se ñangaban el ñame, el ñu y el ñiquiñaque
en el ñanduti del ñaure.
El era un ñandú.

Una pátina de P para mi padre
el perturbado palimsesto de pan y piedra
el pesar patológico de los penumbrosos piélagos.
El pecio que paladeaba el panal de las palabras
        y sus péndulos
pedagógicamente prodigando las póstulas
        de la pandemia:
la puntual parálisis de la primogénita.
El padecer purpurino de la psicastenia.

Por los páramos del papel la pesadumbre preña
el principio y el presagio
el peligro de perderte permanentemente parco
en la prístina púa de la primavera.
Pausa pido y serpentea sonora la savia de la S
        su sístole:
sólo los solos saben saborear la sal soluble
de los solitarios.
Sosegadamente.

23
[la hoja]

Quiero dejar de temblar.
Cuando escucho tu voz quiero ser tallo
y no hoja sacudida
y no este espasmo que me quiebra.
Nunca más esta vergüenza.
Pero escucho tu voz y sigo siendo
la palabra arena cayéndose de seca.
El ángulo por donde se rompe en pedazos la certeza.

Afuera llueve y adentro
amanece un perro muerto en mis esquinas.
¿Es esto la ciudad?
Un loco balbucea con su vestido de piel: saliva.
Los niños juegan a morir en paz.

He dicho que quiero dejar de temblar pero tu voz son
        demasiadas voces

y el alrededor se me estrecha sobre el cuerpo
    en espiral.

¿Qué se hace cuando no se puede respirar?

Me da pena caer como caen a veces las cosas
    de rodillas.
Cuando la debilidad me envuelve con su hálito
    de espinas
los objetos son de helio y huyen despavoridas a otro
    lugar.
Y el temblor no cesa
y soy hoja que cruje y nunca tallo
espasmo, sincope de luz, quebranto.
Un navío transparente sobre aguas de cristal.
¿Qué se hace cuando el suelo empieza a girar?
Me da pena arrastrarme entre las patas de las sillas
y ser la mosca que da vueltas en el frasco del espanto.

Afuera sigue lloviendo y adentro
me avergüenza este cuerpo desollado
estos ojos al revés
esta colección de insectos incrustados en la tapa
    de la lengua.
Me da pena que me preguntes qué pasa
y tartamudear con la cara sobre el ventanal: *nada
es sólo la lluvia y la hoja
que caen.*

24
[egreso]

El médico dijo:

Se trata de Hilda Garza Bermea,
paciente femenino de 53 años, la cual
tiene un Dx de un aneurisma de la Arteria Carótida Interna en la región
supraclinoidea. Se le colocó una pin-
za de Salibí para lograr obstruir el
flujo y aislar la lesión. Se realizó
cirugía el día 17 de abril de 1997 por
tercera ocasión en donde se tuvo éxi-
to en el aislamiento y el clipaje del
aneurisma a base de colocación de un
clip tipo Yasargil, recto de 9 milí-
metros y de titanio. En su quinto día

post-quirúrgico y habiendo valorado su hemodinamia, función mental, motora, sensitiva y afectiva se da de alta sin que se encuentren datos de algún déficit posterior a la cirugía. Hilda se encuentra en condiciones de egresarse teniendo cuidados de reposo relativo sin hacer esfuerzos grandes. Su alimentación será a base de verduras sin grasas, frutas y poco contenido de carbohidratos.

Dx de ingreso: Aneurisma gigante de ACII.

Dx de egreso: Aislamiento de Aneurisma con clipaje a base de clip Yasagil de 9 milímteros recto.

Se da cita con el Dr. Revuelta.

Mi madre dijo: El aire no había estado nunca tan azul.

25
[querencia]

Vamos montaña arriba, nubes arriba, arriba del aire
como hace veinte años
el valle abre la boca y ascendemos por la esmeralda
      pastosa de su lengua.
Un leve olor a eucalipto se remonta.
La luz de las tierras altas ilumina la cicatriz
      en la cabeza
y el esplendor intacto del ave que respira bajo
      las venas:
los sentimientos simples de la hierba.

Dices: cuánto verde
y se yerguen los oyameles sobre la tierra.
Dices: cuántas perlas
y el granizo rebota nacarado sobre el ángulo
      de las piedras.
Y se hace el frío que es un cardal de amplios pétalos
      estriados

por donde camina la niña que no soy y no eres
con su tenue delantal de niebla.

El tañido melancólico del color gris despeñadero arriba
y despeñadero abajo
en el declive desolado se hace el resplandor húmedo
de un rayo
y se hacen los diurnos nombres que degustamos entre
los labios:
Huixquilucan, Jajalpa, Almoloyita, Santa Ana.

Dices: cuánta agua
y el diluvio trae centellas que alumbran la comisura
sacra de los sauces
su vaivén de lágrimas alrededor de la juntura
iluminada del valle:
el más descarnado plexo de retama
el de horizonte con ojos de ala y la osamenta pluvial.
Toluca está a dos mil cuatrocientos cincuenta y cuatro
metros sobre el nivel del mar
pero líquida y triste como mujer que se masturba
a solas sobre un lecho vegetal
la más alta y más sola ofrece el sari púrpura
de su crepúsculo de algas.

Dices: cuánto tiempo
y la eternidad con vestidura de relámpago te habla
con sus tersas córneas doradas.
Ésta es tu querencia.
Éste es tu metal.
Cuando te pregunten de dónde eres volverás los ojos
montaña arriba, nubes arriba, arriba del aire

hacia el aparecimiento imperturbable del volcán.
Ésta es tu casa de agua.
Éste es el lugar donde reverdecerás.

Dices: cuánta paz
y yo te miro como a los ídolos sobre las escalinatas
        de copal.

26
[los bárbaros se quedan a cenar]

Veníamos subiendo la ladera del valle, decía, fuera de la
glándula gris del hospital, fuera del asilo donde
reptan en círculos concéntricos veinte millones de
arcángeles sexuados, cancerosos, heridos, locos,
perfectamente asesinados; fuera de los zapatos
negros de la señora de los huesos, la señora que
llora y grita en el manicomio de la realidad donde
viven todos sus hijos muertos; fuera de la rabia;
fuera de la blasfemia pronunciada a solas sobre la
grupa del animal que caga las substancias arti-
ficiales de la eternidad; fuera del zumbido
demencial de la esperanza que provoca náuseas,
vómitos de focos amarillos envueltos en papel
celofán; fuera del cansancio, fuera de la paz;

veníamos hablando con sigilo, decía, palpando apenas
el lenguaje con los sucios dedos de la tarde mientras la muerte encontraba su sitio en el verde

natural y nos miraba con sus largos ojos atónitos, sus ojos de sándalo, sus ojos ahistóricos;

veníamos de lejos, decía, como a través de veinte años, más años quizá; como a través del embudo seco de las melgas cuarteadas de otra página, "no hay tal lugar"; mínimos personajes del destierro con apariencia de soga, llanura, nimiedad; y llegamos bajo el aguacero vespertino, también decía, a este lugar: *la osamenta pluvial,* el vocabulario de aves tristísimas y delgados húmeros y varas partidas a la mitad; la máquina crepuscular; el valle donde la sirena de tule somete a los hombres con su in-asible vulva de escamas; el saucedal umbrío de las sílabas entrecortadas; el derramamiento de tacuil y de alfalfa y de papa; el tálamo donde dormitan los callados nombres del granizo bajo los relám-pagos del alba; el descarnado acoso del agua que es el origen, que es el inicio;

llegamos, no lo he dicho, en los ángulos irremediables de la perfecta figura celestial: ojo de un dios deforme que observa desde afuera el trémulo espesor de los objetos, la saturación geométrica de la materia ennegrecida, el desciframiento de las horas y los días, las orillas;

(llegamos como el triángulo, quiero decir, como el tajamar de la proa que reparte la líquida exis-tencia hacia la izquierda y hacia la derecha, en busca del inaugural paréntesis, el sexo);

llegamos con la parca brusquedad del infinitivo, diré
ahora, con la estaca de los hechos entre la carne
de la lengua; solos como los individuos; solos
como una blanca, untosa, lenta manera de derra-
marse sobre las ráfagas del paisaje; solos como
cosa irregular —piedra, horda, voluntad—;

llegamos con él, conmigo, con nosotros, con ellos,
también lo diré, con ese insólito fulgor de los
enfermos, los locos, los tullidos, los vehementes
moribundos, los nerviosos, los que huyen del
sismo, los adictos, los rotos a la mitad, los des-
ahuciados, los pocos, los que tocan a la puerta del
abismo para echarse a maldecir y a llorar;

llegamos contigo que nos ves caer, lo digo, pero no a tu
lado sino dentro de ti como la savia, dentro de
ti como la amiba que vive en el paladar; dentro
del arca torácica de la narración bíblica que flota
sobre la abrupta disgregación estival; dentro de
tu nombre, Toluca, que significa lluvia gris, que
significa aves tristísimas, que significa *desgracia-
damente*, que significa lo que significa el húmedo
verbo estar;

llegamos como la escritura que mancha el cuaderno y lo
funda, lo diré siempre, con la tinta china de los
innobles miembros, los torpes miembros sonám-
bulos que tropiezan, se avergüenzan y caen como
la fruta gravitacional;

llegamos con la premonición de las bestias, lo digo una
vez más, y nos sentamos sin invitación a tu mesa
donde bebimos, desmenuzamos tus muslos y
pronunciamos la palabra fatalidad;

y llegamos una vez más al hospital;

27
[vespertino]

Sacó un pez del estanque
y dijo que había atrapado el sol.
El sol contorsionó su cuerpo
y saltó amarillo desde sus manos.
Una moneda ahogada iluminó su sonrisa.
Dijo que era como nosotros:
siempre a punto de sucumbir y siempre sobreviviendo
para nada.

Estaba atardeciendo
y el sol se ocultó entre las algas.

LIBRO II:
YO YA NO VIVO AQUÍ

A lrg

Para ellos
(que sólo es otra manera de decir nosotros)

Now, let me tell you something, Diomides. I think it's crazy for us to fire everything we leave behind; after all, the enemy won't be able to destroy and burn everything. It's not as though he can dry out the earth the way the frost dries out fish. On the contrary, the more we leave behind and the longer it takes for the enemy to destroy, the more hope we have that at least something of us will remain after we're gone. That's why we should not burn and destroy. We should build, even now. Indeed, we are builders. We have been given unusual marble to build with: hours, days, and years, with sleep and wine as the mortar. Woe unto him whose copper devours the gold in his pouch, or whose nights swallow up the days...

MILORAD PAVIC,
The Inner Side of the Wind, Leander

La pasión y sus vicios:
Todo se vuelve una costumbre bárbara.
Todo ha de caer.
Todo,
hasta la juventud bestial,
se rinde.
JUAN CARLOS BAUTISTA,
Cantar del Marrakech

Exhortación primera:
¿Quieres saber lo que se siente?

Ávido lector: no se siente nada.

La mujer se arranca los aretes y se sumerge en el Ganges
        de su boca sin sentir nada.
El hombre que le dice sí a las drogas no siente nada.
El asesino aprieta más y luego un poco más sin sentir nada.
Los que colocan las bombas en los conventos no sienten nada.
La niña observa las hilerillas oscuras del menstruo entre
        los muslos sin sentir nada.
Los que abren por primera vez una cuenta en el banco
        no sienten nada.
La muchacha que sale de su país en un Aeroméxico
        matutino no siente nada.

La pasión y el crimen siempre suceden después.
El azoro y el vicio ocurren un instante después, una era
        después.

Ávido lector: sólo en la memoria (que es puro lenguaje)
        sentimos.

qué bueno que no están

Aquí cabría la mujer de mi amigo, que alguna vez fue
también mi mujer en todos los sentidos metafísicos.

Aquí cabría aquel árbol de duraznos, el que estaba
en la esquina derecha de mi celda, cuyos brotes sin
color me anunciaban el advenimiento de marzo;

aquí cabrían las orgías torvas, lánguidas noches sin
calor alumbradas por las luces ambarinas y el licor
robado.

Aquí cabrían todos los años de los años 80s.

Aquí cabrían los humanos restos, los difuntos fieles,
los cinco muchachos que cargaban llaveros de muchos
llaveros en sus bolsillos agujerados; los que colocaban

la lanza del sonido en el costado más suave de dios;
los enamorados de sí mismos; los;

aquí cabrían todas las palabras que no escribí en siete
años; las palabras que se fueron de la mano de la niña
muerta a fundar un imperio inmóvil adentro y abajo.

Aquí cabría una luz que no he vuelto a ver y no puedo
describir y por eso recuerdo.

Aquí cabría también el muchacho que arrullaba
marihuana en papeletas de arroz mientras averiguaba
los sentidos posibles y los sentidos imposibles
de la palabra *vaho;*

y cabrían los días de correr rápido hacia ningún lado
perseguidos únicamente por los ojos oscuros
de los policías y sus falos;

y cabrían los furibundos que exigían lo imposible
y robaban carteras y querían vivir bajo la rosa abierta
de la revolución que sólo nos miró de lado;

aquí cabrían las feministas que se colocaban espejos
bajo el sexo para espiar la lívida lenta untosa caída
del menstruo;

y cabrían los pirados, los que se quedaron en un viaje
de hongos entre tréboles de colores diciendo
que estaban *encantados;*

y cabrían las putas que nos hacían el favor sobre la
hierba a cambio del resplandor de algunas palabras
que tintineaban como monedas.

Aquí cabría la neta y la verdad a medias y la engañifa
y la mentira completa.

Aquí cabría la adorable flaca muchacha de ojos
atrozmente negros que hizo dos aspas de sus piernas
y trituró los sexos;

y aquel muchacho que me ofreció café y yo entendí,
café pero él quería decir *café;*

y el cantor que nació en Tampico y tuvo la suerte
de encontrar a la muerte el 19 de.septiembre de 1985
todavía con su vaso henchido, su *distante instante,*
su instante de olvido;

aquí cabría el bufón de todos, el ladrón que repetía
la alteración está alterada y decía que no era gay sino
puto;

y cabrían también todos los putos, las locas loquísimas
vestidas de saliva y lentejuela que coleccionaban
abandonos bajo las frondas desiguales de sus ojos
chorreados de rimel y de risa;

y aquel leninista de ojos verdes que se rodeó de una
selva olorosa a adolescente deseosos viriles tontos
como enredaderas;

aquí cabría la fichita que fui, mi locura de atar
desatar que se asomaba en las venas matutinas
pidiendo muerte, sangre, algo total.

Aquí, en este cuarto de perfectos muros blancos
cabrían todas sus sombras, sus alientos, sus maneras
de herir y de caer y de volver a caer de bruces
y de golpe como a veces el recuerdo y la velocidad.

Aquí cabrían, es cierto, pero qué bueno que no están.

tercer mundo

I

Estaba en una orilla de la orilla
    a punto de existir y a punto de no existir
        como la fe
un tendajo rodeado de isletas miserables de maíz
    y guajolotes hambrientos.
El Tercer Mundo era una casa sin techos.

El *Terzo*.

Ahí llevaban los orates sus ojos necesitados de noria
    y el escueto dedo índice que dibujaba un
    semblante en el lado izquierdo del caos.

Ahí las niñas ensayaban esa proclividad
    por la proclividad
y los hombres alababan el graznido de pájaros
    imaginarios.

De arriba caía un cielo de ozono y el olor a ciudad
    usada se colaba por las rendijas.

Los lisiados de preguerra llegaban al Terzo postrados
        y sedientos
        avorazados heraldos negros con voz
        de pandemia y manos de matar.

Ahí los locos de remate descomponían el mecanismo
        del lenguaje entre el vaho meditabundo
        del alcohol y los cerillos

        las vocales eran globos de helio rellenos
        de luciérnagas
        las oraciones se arrastraban sinuosas con su larga
        cola de reptil.

Los pirados y los drogos y los mudos para siempre
        hablaban con el fervor de los conversos.

Ahí los pránganas eran seres utilísimos.

Los muertos reptaban en el Terzo con los ojillos
        somnolientos del resucitado y vivían y se
        atragantaban de humo y morían otra vez dentro
        de la caja de sus cuerpos.

Ahí los parias levitaban con adustos rostros de santo
        y manos indiferentes.

Ahí los suicidas se acomodaban en ángulos
        impredecibles sobre los asientos.
Los subterráneos salían de sus agujeros

y desparramaban sobre los regazos su botín de
relojes de bolsillo, partes de auto y flores
desmayadas.

Y la madrugada híbrida avanzaba con el torpe caminar
de ciertas aves negras
picoteaba los sexos con mansedumbre de metal
enseñaba sus dientes doloridos, sus trofeos
baratos, sus victorias kármicas.
Bajo la cruel monotonía del diluvio estival todos hablaban
escupían palabras y mapas y profecías y rezos.

Vamos al Terzo, murmuraban, con la determinación
de los que colocan bombas o van abajo hacia el
eterno *hacia* primigenio
sin llegar.

Ahí los zapatos se hundían en el lodo y enterrarse
era ser árbol y fruto de árbol
carne inmaculada   boca con filos.

Afuera, del otro lado de la orilla, la ciudad más grande
del mundo mentía.

II

Un mundo que todavía no era de hombres o de mujeres
lamía los mocasines con sus lengüetas de yodo
y las criaturas de azules rostros avanzaban sobre
la tarde sin conocer la necesidad.

Las de sexo alado se cortaban los cabellos militarmente
   y olvidaban su casa.
Los adiestrados en el dominio se hundían por primera
   vez en una fugaz debilidad.
         estridentes pócimas nutrían sus lentas comisuras
              informes
         sus comisuras desdobladas al caer en siete
              aspavientos desmedidos
         aspas de luz helicoptérica
         tajada de noche y tajada de mendrugo solar.

De camino al Terzo se arrancaban las camisas de fuerza
   de los nombres viejos y emergían de sus pasados
   en cueros finísimos y huesos sin historia.

Eran La Diabla, el Perrote, la Rana, la Pequeña Lulú,
   el Lalo Gallo, la Bestia.

Los destinados a ser hombres albergaban a ratos
   el chillar absurdo de las mujeres solas en los
   dientes.

Las destinadas a dar a luz se escondían bajo
   la oscuridad viril de los enhiestos.

Todos cambiaban de lugar en los días bíblicos
   del Terzo:
      los últimos eran siempre los primeros
         y los que reían al final siempre reían mejor.
Bífidos en el sexo e irresueltos en todo lo demás
   fumaban cigarrillos categóricamente.

Las hebras de sus cuerpos se deslizaban sin dificultad
      por el pequeñísimo ojo de la aguja que era
      la puerta de la eternidad.

Era el lado izquierdo del cielo donde todo juego
      es un juego de azar.
Era un charco de orines.
Era un prehistórico lodazal.

Y cuando partían mareados hacia La Ciudad,
      se llevaban al Terzo colgando de los hombros
         orgullosos de su informidad.

III

En las calles de La ciudad Más Grande Del Mundo
      se les reconocía por la desmesura de los ojos
por la manera en que levitaban trémulos sobre
      imposibles cardales amarillos.

La ciudad también era su casa
      tenían una sala de edificios salobres en el centro
      una recámara oscura en Tlanesburgo
      un mirador de envidia en Belvedere
      y pasillos subterráneos que todos denominaban
         el Metro.

En la cocina que estaba en todos lados los hombres
      se adiestraban en el picor del ajo y las que iban
      a ser mujeres usaban armaduras de cristal en vez
      de delantales floreados.

Se les reconocía por la agilidad de los muslos
y la pericia de las manos al arrebatar.

Ellos eran los animales diurnos que tomaban
a los parques por asalto
sólidos como un asta ceñida de luz
con la extensión apaciguada de anchas
banderas rojinegras.

Ellos, los de sobacos tristes y bocas reventadas
por el gran hambre
se abalanzaban sobre la redondez del
mundo con brazos y piernas de red.

Se les reconocía porque era difícil saber si iban apenas
o si ya regresaban despavoridos.

Ellos eran los que desentonaban himnos y caminaban
a contracorriente en los desfiles
el contingente de los oscuros individuos.

Se les reconocía por esa manera de equivocarse
absoluta, redonda, cinéfila.

Pero sobre todo se les reconocía por la desmesura
de los ojos
piedras de obsidiana incrustadas en firmes
cráneos desnutridos
gotas tremendamente alucinadas
papalotes volando en espiral.

Bajo su luz, el mundo era por fin pequeño
        un juguete descompuesto que ya no provocaba
                miedo.

        IV

El Tercer Mundo era un hospital, una fiesta,
        un orfanatorio, una villa de reposo secuestrada
        de la realidad.

        El Territorio Libre de América.

Interminable como la miseria el Terzo.
Impregnado de orines y de vómito como todo el país.

Madre Patria de los desquiciados, de los heridos
por el deseo, de los muertos de tanto morir,
de los tantas veces devaluados, de los solos tan
cómodamente incómodos dentro de su soledad,
de los hartos, de los llenos de mierda,
de los derrotados de antemano, de los heraldos
de la Neta, de los sin sexo o con todos los sexos,
de los exiliados de la ciudad, de los a fuerza
sin esperanza, de los con esperanzas pavorosas,
de los que después se hicieron guerrilleros o profesores
o murieron de hambre, de los todos.

Casa cruel.
Casa con techos de nube.
Casa donde arrastrase era caminar.
Casa sin entrada y sin salida.

Todos decían *vamos al Terzo* como quien va hacia
   dentro de una semilla.

Casa artificial.
Casa sin aurora y sin tregua.
Casa demoledora.
Todos decían *vamos al Terzo* como quien va más allá.

Se les reconocía por los pasos que se clavaban
   en la tierra con la compasión de un clavo.

Se les reconocía por el dolor ardiente de los huesos.

Casa de los desalmados agarrados al alma como
   a un ancla o a una última oportunidad.

            V

Y fui el hombre y fui la mujer
   mi concavidad fue el estado de sitio de las
      metamorfosis.

Cómo levantaba ámpulas en los labios el terror
   infeccioso de la felicidad.

Desmenuzaba el antes bajo microscopios circulares
abría la caja de los silbidos en madrugadas pélvicas:
amaneceres bordeados de pálidos linderos
   y desemejanzas frutales.

Yo eras otro, Rimbaud *dixit*
        pero era más.

¿Cómo cantar esta agujerada sentimentalidad
        de baratija
                este borde diamantinamente geológico
                        sobre la piel
                        la ceguera de la oración y la magnanimidad
                        de la dádiva?

Yo era *tú* desmesurado perro de ojos amarillos
tú muchacha proclive
tú pedacería de resolanas y recodo verde de ciudad.

¿Cómo decir *Tercer Mundo* sin quemarme la boca
        con minucias doradas?

Yo era un barrio acumulado en las afueras de la forma
        a punto de existir y a punto de no existir como la fe
estupefaciente en la elipsis de una boca monumental.

Reíamos como descascarando nueces
        como partiendo plaza entre el ruiderío
                de la vasta Alejandría
Sordos de sal. En ese lugar geodésico
        donde creció el infinitesimal tallo de la planta
                carnívora

        la que llamábamos placer cuando queríamos
                decir sol de junio.

¿Cómo decir *Vamos al Terzo* sin caer de bruces
entre objetos?

Éramos trapos mitológicos
lujurias de anónimos cascabeles desbaratados.
Lo peor de lo peor
lo que queda después de la consumación básica
el fibroma longitudinal de las cañas
la pulpa iridiscente.

¿Cómo volver a decir *el Terzo* sin apagar este cerillo
de palabras
esta inaugural iluminación que desvela
al dactilar verídicamente?

Éramos un asomamiento vertiginoso tras las venas
una laboriosidad aérea de piernas y uñas y cartílagos.

Éramos saliva.

II. maneras de entender el lugar

la gramática del lugar

Aquí, decía
buscando palabras diminutas en diccionarios
    con dientes y con ramas
        adverbio de lugar
definición paradigmática
aquí, subjuntivo deseo de lo que *hubiera* sido

(me señalo el ojo izquierdo y surge, de pronto, la nube
    de Magritte sobre una llanura escarlata);

aquí, conjugación de cielos sucios bajo los párpados
    del verano

(veo el dedo anular y la radiografía de lo que no está
    revela la falange multitudinaria)

en el lado izquierdo de la memoria, aquí
repetía, cercada de duros árboles nominativos

bajo la ceniza maloliente de los verbos sincopados,
      tensos, rotos como lianas.
Aquí, arsénicamente, en la coyuntura adverbial
      de los venenos nimios
pronunciaba la palabra utopía
      no hay tal lugar
y el animal deseoso y cavilante hurgaba la iluminada
      orilla de lo real.

Aquí, en el lenguaje, el único lugar.

Decía: dame un sustantivo y crearé un alrededor
      plurinominal
            la ciudad que no existe y donde vivo
            sombra como remolino
              magnífica ansiedad.

Decía: dame un cuerpo e inventaré la vértebra
      gramatical
            una genética de tiempo vuelto gota y calle
              y esquina enigmática.

Aquí, repetía, testaruda, obvia, enteramente
      determinada.
            invocando el momento de la flama
              y el momento de la calcinación
aquí que era litoral de Golfo bordeado de frágiles
      palmeras
aquí que era huerta de manzanas
aquí volcán de apariciones infinitas en las tierras más altas
aquí Ciudad Más Grande Del Mundo
aquí fractura de tierra.

Y seguía implorando sin tregua dentro
del candado de un vocabulario perpetuo.

Aquí, decía, una y otra vez con vocación de torva
campana
y mi desvarío palpaba a ciegas las rodillas húmedas
de las palabras

utópicamente

con ese cansino quehacer de las cabelleras incendiadas
con la resignación apabullante de ciertas madrugadas
kármicas

no hay tal lugar

decía en la salobre alcoba del lenguaje, aquí,
el único lugar.

la geología del lugar

Antes de la destrucción y del púrpura polvo mortecino

antes de que empezara esa lenta recolección de
cascajos heridos

antes de que los edificios de San Antonio Abad
se convirtieran en pasteles de lejanos designios
rococó

antes de que nos diéramos cuenta de que en algún
lugar de la Roma yacía el trovador de Tampico

sólo hubo ruido.

Ese ruido.

Un hosco tremor
una tubércula queja que venía de lejos y de dentro
el estertor de un bostezo largo y hundido
machete terso
voz sin voz

el sonido persiguiéndose dentro de la garganta
        de sí mismo.

Entonces nació el antes y nació el después.

Desgracia inagural con sortija de muerto en anular.

Y entonces nacieron los quebrados.
Y nacieron las hormigas que se llevaron los restos poco
        a poco.
Y volvieron a nacer las iridiscentes cucarachas volando
        de esquina en esquina.
Nacieron las esquinas.
Ángulos de luz donde la luz se hacía torva.
Rincones chorreados de semen y de ozono.

Ése era el contexto.
Ahí nacimos todos
                cayendo.
Virutas de helio.

Rodeada de soldados
        gris como ninguna
la ciudad fue una cuerpo hecha bolita sobre el amplio
        lecho de su valle
                toda junta de dolor
                estrecha de milagro
como mujer que sangra de abajo.

arriba y abajo del lugar

Y por sobre todas las cosas del mundo, las nubes
    únicas y tiránicas como mujer que olvida.

Las nubes que Françoise Sagan denominaba
    maravillosas cuando quería decir tristes.

Las ur-nubes colgando del aire finísimo de las tierras
    altas:

la primigenia nube original sobre la cual están basadas
    todas las demás nubes de todos los universos
    habidos y por haber.

La nube como modelo ideal.
    Gris-azul.
    Azul-humo-nata.
    Violeta-rojo-morado-moretón.
    Negras como la gran señora de la guadaña.

Y por debajo de todas las cosas del mundo
    los subterráneos trenes anaranjados
        los pasillos de raído mármol acosado de
            zapatos.

El Metro

un campo de concentración en perpetuo
movimiento
racimos de brazos y sudor y ojos enjambrados.

Un *viaje* de a peso, o menos.
Naranja-chíngame-la-retina.
Reflejo.
Y al final del túnel nunca la luz

sino más negro.

la sintomatología del lugar

Algunos lloran, algunos corren, otros olvidan
sus nombres o usan nuevos nombres,
algunos adelgazan tanto como el aire.

Algunos se vuelven religiosos, otros rechazan
categóricamente la existencia de dios; algunos rezan
y algunos más hasta se hincan; algunos maldicen
aunque parece que están rezando; algunos viven
dentro de la pecera de una muda.

Algunos persiguen las palabras *no hay tal lugar* si son
azules; algunos cavilan, preguntándose.

Puede pasar en todos lados: en el cine cuando la luz
es irreal; frente a una cajera cuando devuelve
el cambio; bajo los cielos más largos; entre cuerpos
deliciosamente desnudos en alguna playa
del mediterráneo; en una cita de amor, ya sea
enamorado o sin amor; al planear el asesinato propio
o el ajeno; al ir a trabajar o al regresar de trabajar;
al orinar ruidosamente dentro de baños con mosaicos
color rosa alineados en perfecta simetría.

Puede pasar a cualquier hora, todas las horas son
propicias: a veces en la mañana bajo la luz anémica
que se cuela por las persianas decembrinas; o con toda
seguridad en la tarde cuando la realidad se vuelve
espejismo, cosa-en-sí-misma, inclinación no deseada;
pero siempre en la noche ya sea en el sueño
o en la falta de sueño cuando el lenguaje se expande
y los relojes detienen el tiempo.

Algunos beben té de menta o té de naranja o té
de jazmín en el regazo de octubre; algunos se mueren
por papas fritas; algunos coleccionan alas de libélulas
bajo inmóviles colchones estrechísimos; algunos
prefieren ginebra y no cerveza; a algunos les gusta
el café de Java antes del amanecer; otros fuman algo
de marihuana o dos cajas de Marlboro lights: hebras
grises de humo sagrado alrededor; algunos más
se deciden por pastillas de colores desidiosos o valium
o trescientas aspirinas.

Provoca amnesia, insomnio, afasia, bulimia, anorexia,
ataques de nervios, risa inmotivada, comezón
en lugares muy peculiares, tremores mentales dentro
de las manos, pestañas púrpuras, ojeras, muslos
y senos flácidos, fealdad en los formatos más variados,
caras con piel de cebolla tan transparentes y tensas
y lisas que inducen miedo o piedad o muy distintas
formas de asombro humano.

A algunos se les encuentra en las esquinas,
mordiéndose las uñas con los ojos fijos en otro lado;
algunos cuentan dedos y olvidan números; otros sudan

y se acarician las muñecas con navajas oxidadas,
oh tan suavemente; algunos se vuelven guerrilleros,
marxistas ávidos, anarquistas, artistas; algunos
de hecho disfrazan el dolor y hablan de orquídeas
exóticas en paisajes lejanos; algunos hasta pasan
por ser hombres normales y mujeres normales; algunos
son amables.

Algunos todavía buscan esas esquinas.
Algunos hasta corren dos o tres kilómetros al día
persiguiendo esas esquinas.

Siempre preguntan por la puerta más próxima,
la salida de emergencia, la manera más fácil o la más
difícil de irse hacia ese lugar, el siguiente, el más-
verde-que, el verdadero.

Algunos invitan a los vagabundos en la noche como
si cortejaran anomalías y cicatrices; algunos congregan
a su alrededor adolescentes drogadictos o viejos
amantes o mujeres que tienen miedo a los clósets
vacíos; algunos atraen a muchachos de brazos
tan largos que acaban por abrazar a la nada.

Algunos hablan incesantemente.
Algunos callan incesantemente.

Algunos sufren de dolores de estómago, falta de aire,
demasiados lenguajes, migrañas, ataques violentos
de timidez, discriminación, asma, palpitaciones,
estereotipos, demasiados lenguajes, mal aliento, huesos

fracturados, nostalgia, acne, mala memoria,
demasiados lenguajes.

Sufren incesantemente.
Se hieren a sí mismos incesantemente.

Ellos les hablan a los árboles en el lenguaje
de los árboles y a la hierba en el lenguaje de la hierba,
a las mujeres en la ola femenina de las palabras
y a los hombres en la ganzúa viril de las letras.

Ellos viven en Babilonia y Alejandría y Nueva York
y Tijuana.
Viven en dos países a la vez.
Oscilan, rebotan, saltan, vuelan y se regresan.
Están aquí y no están aquí; ellos están allá y no aquí
y tampoco allá.
Hablan de sí mismos en la tercera persona, el plural
como metáfora.
Bailan en la cabeza de un alfiler.

Ellos conocen la gravedad de las cosas.

la anatomía del lugar

Bajo la uña

(con la escueta determinación del alfiler)

el lugar se hace pequeño y atraviesa
la tentativa hipótesis de lo real.

En la canícula del esófago

(Comala cercada por gástricas teas)

el lugar se imagina a sí mismo y estalla
luces asimétricas.

En la comisura abrupta de la risa
en el silencio que se agarra al cuello cuando el frío
en la manía de la ceja
el lugar trae su aguja y pincha y cose
la tapicería de los miembros.

Hincado en la fractura de las rodillas

(ángulo roto, añico de tiempo)

el lugar reza por la ausencia propia y la ajena:
altares como invocaciones
animación eterna.

Dentro de la célula rectilínea

(la blasfemia, el perro con rabia, la llanura
        de enmedio)

en el ácido ribonucleico de los días
el lugar graba el alfabeto de las cosas invisibles

(ganzúa en mano, pala y pico en dientes)

libros con aspiración de monasterios.

En el tendón que es campana
en el cartílago que iba a ser hueso
en la vertebral columna del adentro
el lugar se existe sin ser

la carne como verbo.

las muchas mentiras del lugar

Me gustaba decir que era hermoso

· (y lo hacía como si describiera a un hombre que
describe a una mujer)

bajo el crepúsculo de los adjetivos, mirando hacia todo
lo demás
el lugar era plácido, activo, veloz, sublime, amarillo,
sonoro…

En tabernas de ciudades disímbolas el lugar era
alegoría, metáfora, ardiente comparación:
sustantivo entre sustantivos, cosa alcohólica y cierta.
Cosa rodeada de humo.

Dentro de cuartos perfectamente blancos, en letras
silenciosas y desparpajadas esquinas, el lugar se
tornaba argumento, hipótesis, inmoral objeto de
estudio.

En noches sin dueño el lugar se volvía cuerpo bajo
la llovizna, visión adolescente, masturbatoria
manía.

Había calles en que, sólo a ciertas horas y únicamente
en las tierras altas, el lugar llegaba como paréntesis,
lapsus linguae, posdata entrometida.

En los pocos entrañables libros había párrafos
que lo traían como enigma, vocación, estilo.

Lo veía en todos lados; lo creaba en todos lados.

Pero sobre todo me gustaba decir que era hermoso

(y lo hacía como una mujer vuelta hombre enamorado
de una mujer)

con los ojos abiertos como plazas y los huesos vacíos
de gente.

Sin esperanza
dentro de la mansedumbre de una cierta católica
fatalidad cruzada de zancudos

el lugar *era* hermoso

(o mejor dicho: el lugar era la indagación donde
la palabra *hermoso* se arrastraba con sus
diecinueve patas celestes)

entonces el ojo izquierdo hacía el guiño estipulado
con la inclinación que produce el rimmel
y el ajenjo

érase que se era

y el hombre vuelto mujer se adiestraba en los tres filos
    de la leyenda, los once picos de la maravilla

había una vez

un lugar hermoso porque era mío.

III. los personajes del lugar

We inside ourselves and others within us run an enormous distance every day.

MILORAD PAVIC, *the Inner Side of the Wind, Hero*

I

la palabra *arisco*

Era tan feo que daba pena
    daban ganas de no tener ojos
    daban ganas de invocar despiadadamente
        a la oscuridad.

El ladrón de boca roja y dientes de triturar.

Largo como una soga sin nudos y completamente
        metafísico
croaba sentencias absurdas con boca de pastillas
ensimismado como bajo una roca gigantesca y alterado
        como la alterada alteración.

El sacerdote azul de una secta de fervorosos mendigos.
El mago de inesperados conejos y culebras
        y laberintos.

Lo recuerdo con la palabra *arisco*.
Lo recuerdo comiendo de mis manos
    con la mansedumbre atroz de los lisiados
        abierto de bruces sobre la planicie circula
      de un vaso de agua.

Estaba hecho de cosas rotas.
Daban ganas de envolverlo en lienzos de papel
    de china como a un objeto punzante y
    quebradizo.
Daban ganas de buscarle una esquina sin lluvia
    y sin frío.
Daban ganas de protegerlo de sí mismo.

Lo recuerdo hincado sobre mi regazo desanudándose
    por dentro
      un amanecer de mayo
cuando supo que mi nombre era *imposible* y el suyo
    fatalidad.

II
la pura felicidad

Dolían sus ojos que miraban desde el ángulo exacto
    de la más absoluta inermidad.
Dolían como duelen a veces los gritos de ciertos
    cuervos extraviados en la cercana lejanía
    después del aguacero
cómo dolían esos cielos de un *maldito cielo azul*
    definitivo.

Dolían las álgidas carcajadas bajo la lluvia de ácido
los mocasines solos en pos de redondos remolinos
la glándula que secretaba viscosos flujos de placer
    en una cámara sorpresiva del cerebro.

Dolía su manera de cuidar viejos álbumes rayados
    como si fueran arqueologías maravillosas.
Y su método de muchacho pobre sobre
    la vertiginosidad del asfalto.

Pero más dolían algunos lugares de su cuerpo
    el fulgor de los muslos difuminadas
        en brochazos de té
    la serena acumulación de labios gemelos
    esos góticos dientes blanquísimos

el estertor submarino de la cabellera negri-azul
de mítico cuervo.

Dolían los pinceles con los que coloreaba su piel
en la capilla sixtina de los párpados
Y sus citas de palabras muertas escritas por muertos
autores alemanes.
Y la manera en que repetía *no future* mientras se tiraba
sobre el Periférico a contar estrellas con los dedos.

Cómo dolían esas ganas de morir.

Y aquellas caminatas nocturnas en el laberinto
del lugar
el candado de las manos juntas
el milagro de los perros negros.

Y después dolían los vasos de leche que dejaban
un sabor a hierba fresca en la saliva.

Pero nada dolía como su cuerpo copiosamente entero
el tímido rostro crepuscular de las clavículas
asomándose al sereno
la espléndida propagación ojival de las costillas
la sonrisa tonta de las uñas.

Dolía, como duelen a veces las cosas, de pura felicidad.

...

Él es el hombre que nunca me dio su fotografía.

Lo recuerdo cuando tomo té de menta y la noche
se deshace en húmedos acertijos.

Lo recuerdo como algo que duele recordar dentro
de un cuarto lleno de esquinas.

A veces es un cuervo y, otras, un cierto color de nube
triste
un sol bajuno
un verano bajo el aguacero
el pábulo de la vela de Tarkovsky que se apaga
y no se apaga y se apaga.

A su alrededor la lluvia es todavía delgada como
una lluvia milagrosa
y su cuerpo todavía lleva el tatuaje vespertino
de la leche fresca.

Recuerdo el sabor a cal desmoronándose blanco sobre
la lengua las noches en que leíamos a Corso.

Él me escribió seis cartas desde la orilla de un futuro
que casi alcanza a la orilla del pasado.

Y conocí a su madre y su hermanastra y su perro.

Y alguna vez quiso tener una hija con mis ojos.

Él es el hombre que nunca me dijo el año ni el mes
ni el día ni la hora de su nacimiento.

III
el ángel aleccionador

Le decía:
quieres darme una lección.
Quieres que aprenda a guardar el silencio bajo
    la lengua mientras los ilusos hablan.
Que yo me vuelva como tú, eso quieres. Que sea
    nadie, menos que nadie.
Una brizna de hiel en un frasco de formol.

Quieres que sea como tus verduleras, tus putas tristes,
    tus mujeres buenas.

Que baje la vista ante el brillo amargo de tus alas
    mientras desdoblo la ropa y ocupo mi lugar
    en el charco de semen que dejaste ayer sobre
    la cama.

Tengo que tender la cama.

Quieres que ponga la otra mejilla. Y luego la otra.
    Y luego las manos, las nalgas, los muslos, bajo el
    golpe de la regla de madera que te regaló tu
    maestro de primaria.

Quieres que te dé las gracias.

Quieres que deje de mencionar los nombres
    de los lugares comunes. Los otoños en París,
    los veranos en Madagascar, el viaje a Florencia.
    Nunca quieres que te cuente de las costas
    de Balí.

Que me olvide de las sábanas de seda, el perfume
    de algas, el oporto, el té de menta.

Que use palabras simples, quieres.

Quieres que te la mame.

Quieres que aprenda a imprecar con la dorada
    languidez del héroe que nunca fuiste.
Que te sea infiel y lo cuente.
Que diga chistes.
Que me vuelva mala para ser un poco como tú, menos
    que nadie, menos que nada.
Que te alborote el pelo y te unte el sexo de saliva
    y deje moretones en el cuello para que salgas
    con cara de feo en el retrato de la sagrada familia.
Quieres que te adore. Que adore tu verga, tu culo,
    tu semen, tu mierda.
Quieres que te coja.

Quieres ser mi mujer.

Quieres darme una lección.

Quieres ser un dios caído, una fruta agria, un ángel
aleccionador.

IV
lo que iba a escribir

¡Cómo se llenaba la boca de tierra y los ojos de sol!
Y esa manera tenaz de destruir castillos de carne
    y de arena
        milimétricamente
palabra tras palabra tras coma tras dientes.

Su método estaba enfermo de rabia, maltratado
    de rabia, muerto de rabia.

Lo conocí dentro de la penumbra de una pintura
    de Edvard Munch.

Su boca era una explanada hendida por las astas
    puntiagudas de trescientas banderas.

Hasta el aire más quedo lo tocaba.
Hasta la falta de aire.

El que cayó como después cayeron las cenizas
    del volcán sobre la ciudad.

Le cantaba al desastre.
Sus letanías estaban hechas de apretadas quijadas
            juntas.
Sus sonetos chorreaban baba en las escalinatas
            de los endecasílabos.

Le cantaba a la abyección
            a los olores de entrepierna
            al gargajo que borraba rostros bajo la púrpura
            velocidad.
Le cantaba al arsénico y al tálamo
            y a los tigres que entraron por las ventanas
            de Tampico.

El aire
            :una madeja de lisa violencia

el aire y esos chorros de luz ficticia navegada
            por grumos de polvo

el aire y ese presentimiento apenas del Golfo
            el lejano olor a sal.

El grito.

Tú me quebraste en dos como una vara
            tú te detuviste a llorar junto a mi boca y mi sangre
                        te empapó las pestañas
            tú eres la palabra moretón inscrita en mis enzimas
                        con letras pequeñas.

Letras de ácido ribonucleico y ácido
desoxirribonucleico.

Letras diminutas.

Iba a escribir *te quise* pero de repente se me quitaron
las ganas.

V
la juez

Hay años entre las dos
olor a palabras juntas y muchas horas
una madrugada que apareció azul por la ventana y nos
        hizo pensar en algo largo (infinito humo,
        maldades, tamarindos).
Nos miramos con el guiño ciego de los espejos tantas
        veces
bajo el escalofrío de la llovizna el mismo paraguas
        nos cubrió de Agosto.
Íbamos sobre las banquetas como sobre abismos.

¿Existió la gota que me erizó el organismo?

Tu nombre sabía a paréntesis, creo.
Creo que eras el ruido de la puerta que rechina,
        el ángulo de luz, un vestido.
Creo que una noche llegaste a la cantina con la pijama
        puesta y el cabello húmedo de mandarinas.
Creo que había pólvora y cocaína bajo tus suelas
        cuando el perro de la nostalgia te mordió
        los tobillos.
Que te conocía como el mapa de mis manos, creo.

¿Existió el humo de los mil cigarrillos?

Te llamabas días en que fui feliz.

Cuando tu nombre era Bolívar, en tu ojo derecho había
    un restaurant chino y el izquierdo estaba vacío.

Tus hombros caídos querían decir complicidad a la par
    de los míos.

Vivíamos en el universo prehistórico de las mujeres
    solas, creo.
Antes de que se inventaran los registros, inscribimos
    sombras en el muro blanco y en el piso.

Creo que en la gramática de los huesos nuestros
    cuerpos eran puntos suspensivos.

Te llamabas Ciudad Más Grande del Mundo.
Te llamabas *afortunadamente*.
Te llamabas todas las cosas y cuando yo decía *todas
    las cosas* murmuraba tu nombre más querido.

¿Existió el libro y, dentro del libro, existieron
    las páginas del libro?

Hay años mareados de alcohol entre las dos, luces
    indescriptibles, horas mordiéndose la cola.

¿Existieron las luces?

Nos pintamos las uñas juntas, creo.

¿Existieron las luces?

Dime que existieron las luces.
Dime que todavía respiras el humo de los mil
      cigarrillos.
Dime que hay una gota de frío resbalando
      por los cuellos de todos los agostos
que había charcos de tinta china entre las páginas
      del libro, dime.

Mejor no digas nada.
El olor a palabras juntas es tu olor, creo. Vaho gris.
Aliento matutino.
Estanque menstrual donde se hunden los cartílagos
      de los niños.

Lodazal.

¿Existieron las luces?
¿Hubo alguna vez banquetas que se abrieron como
      abismos?

Nunca supe tu nombre.
Creo que nunca bajé al sótano de tus celdas.
Creo que nunca oí, nunca
la condena a muerte que dictaste para mí.

La pena.

VI
y wendy creció

No te perdono nada.

Acércate para que me oigas bien: no te perdono nada.

Hubo días en que desmenuzamos oraciones sobre
      pasadizos de hierba seca.
Ahí aprendimos a decir *hoy hace calor, me gustan tus orejas.*
Los perros fornicaban frente a los altares diminutos
      de las aceras.
Era abril, creo, la sequía anaranjada de una tolvanera.

Era abril en una isla que alguna vez fue Venecia.

Y yo me volvía pájaro, niña buena, calle sin gente,
      manera.
Yo me volvía yo, un paréntesis, un alado caer
      de infinitivo, un caer lentísimo
          parvada de aves azules con voluntad
        de precipicio.

Había rostros en los que me sumergía como en diurnos
      jeroglíficos.
Había plegarias que me rozaban la punta de la lengua.

Había sustancias que me sacaban de abajo y me hacían
        caminar sobre las aguas
            milagrosamente
multiplicaba el pan y las ganas y el espanto.

Había una ciudad repartida en geométricos cajones
        que yo esculcaba con la prisa del hurto
        o el temor de ser descubierta.

Había cuerpos, muchos; los años eran un ajedrez
        de manos y de venas.

Había más, supongo.

Nunca volví a tomar 87 aspirinas por equivocación.
Nunca volví a creer.

Había frutas ácidas, caricias con picahielo
        y lastimaduras altas como cordilleras.

Había más, supongo.

He dicho que no te perdono nada.
Fichita azul, tipa de cuidado, bocaza de trementina.
Acércate para que me escuches mejor
esta es la sentencia:
y *Wendy creció.*

VII
divino tesoro

A mi juventud le faltan dientes.

Ayer la vi caminando con el hocico abierto bajo la luz
del mediodía, lívida de espanto y de seguir siendo
la termita que destruye los muebles cuando nadie
imagina, la palabra equívoca, la mosca que vuela.

¿Así que de esto se trataba todo?
¿Así que todo muere, amiga?

Mi juventud está sola y es ridícula.

En la calle donde la gente vive, mi juventud escupe
saliva azul, orina de pie en las esquinas, da traspiés,
intercambia pastillas por monedas, hace chistes de mal
gusto cuando nadie ríe.

La tonta lleva las medias raídas.

Vociferando, mi juventud dice: verga. Dice: a poco.
Dice: cuánto, cómo. Luego da vueltas como trompo.

Mi juventud es un juguete aburrido y tonto.

Si no la conociera, diría que es una mujer en perpetua
vigilia, un hombre con los brazos manchados de nubes
púrpura, pinchazos. Un horizonte al atardecer.
Nicotina. Un viaje en carretera. Un hotel con cortinas
de percal y florecitas mareadas de tijeras, marihuana,
cerezas.

Mi juventud no es una dama, nunca fue *la edad más
hermosa* como la de Nizan, una bugambilia.

La pobre siempre sufrió de miopía.

En los cines de barriada mi juventud olfatea el sexo
solitario de los hombres con periódico sobre regazo,
adolescentes, putas agrias, mujeres-con-pasado.

En las cantinas bebe los suspiros del agua-ardiente con
la lengua escaldada por filos metafísicos. Ve de reojo
el techo de las nubes grises, la lluvia, el verano en que
todo termina.

Hace tantos años.

Cuando se ríe, mi juventud muestra las encías,
la garganta, la laringe, los tendones de una metáfora
mal calculada y peor escrita.

Ayer la vi sobre Bolívar y le dije adiós entre
los empellones y el polvo de la una de la tarde:
la canícula.

La hora de la crueldad más veloz.

Mi juventud me da lástima y me da rabia y ganas
de salir corriendo tras sus huellas de perro apaleado,
cojitranco y hambriento.

Íbamos a vivir toda la vida juntas, dijo.
Me extrañarás, aseveró.

Mi juventud siempre supo más que yo.

IV. los vacíos del lugar •

[Aquí debería ir algo que no existe y por eso no está.]

[Aquí se esconde un paréntesis.]

[Aquí soy una muda que mira con fascinación una
pecera.]

[Aquí no se *oculta* nada.]

V. la tercera parada

Y cuando todo esto se pudra bajo la persistente lluvia
    de ácido
cuando la Ciudad Más Grande del Mundo yazga
    empequeñecida como un arrugado pergamino o
    como un antíquisimo mapa de bordes quemados,

cuando los saqueadores se lo hayan llevado todo
y nosotros hayamos perdido todo lo que íbamos
    a perder
(despojados hasta de huesos)

alguien le cantará al desastre.

Y los humanos restos, los difuntos fieles, tintinearán
    sus llaveros de espuma y de clave.

Y los furibundos, las feministas, los acorazados
    encontrarán consuelo bajo los árboles
    transparentes de sus propias manos.

Y los sobrevivientes saldremos a llorar quedo
        por el Bestia que murió solo entre los muros
        de su cuarto, víctima de quién sabe cuántos
        crímenes.

Y los que quedamos reiremos con mi hermana muerta
        y con Joaquín muerto y con Marco Antonio ya
        siempre muerto.

Y los testarudos robaremos cuarenta veces los mismos
        libros que nos enseñaron a robar de cuarenta
        maneras diferentes.

Y nosotros los orates, los locos de remate, las piratas,
los lisiados de preguerra, los pirados, las mariquitas,
los drogos, las mujeres sin hijos ni marido,
los pránganas, los mudos para siempre, los inútiles,
los poetas, los quebrados, ondearemos la bandera
y escupiremos el copal hacia las nubes cándidas.

Y nos verán avanzando como un ejército de perros
        con rabia, vivos y muertos de rabia.

Un estupendo amanecer de junio.

Todo esto bajo la boca abierta del cielo. Todo esto bajo
el vendaval, ciegos de brillo y de ecos y de filos.
Todo esto sobre las anchas avenidas de la madrugada,
tan contundentemente solas y tan irremediablemente
olvidadas.

Y nos tendrán terror.

Y no pediremos perdón y no perdonaremos nada.

San Diego, California, verano de 1997-Metepec, Estado de México, invierno de 2003

NOTAS FINALES

Empecé a escribir este libro en 1997, justo unos días después de mi arribo a San Diego, California. Una beca del Fonca me ayudó, durante el año 1999-2000, a continuar con la elaboración y la revisión del manuscrito. En el 2003, un año sabático y la beca del Sistema Nacional de Creadores me permitieron regresar a México, donde concluí esta versión del libro.

Todos los libros son comunales, se sabe. Pero éste es el más comunal de mis libros. Se lo debo, sin metáfora alguna, a ciertas calles, algunos años, y un puñado de personajes entrañables. Ellos y yo, y también otros, saben quiénes son. Este libro, que no es ni una confesión ni un recuento sino, en el más estricto de los sentidos, una imposibilidad, es naturalmente para *ellos*. Y *ellos*, por supuesto, es sólo otra manera de decir *nosotros*. Los cómplices de lo real. Una forma del alfabeto.

Porque, ahora, déjame decirte algo, Diómides…

Metepec, Estado de México, a 27 de diciembre de 2003

LIBRO III:

¿HA ESTADO USTED ALGUNA VEZ EN EL MAR DEL NORTE?

los hoteles vacíos

Entrábamos en ellos cuando ya no había nada más.
Después de pernoctar ilegalmente en las casas de todos
los amigos o después de dormir sobre bancas
de parques poco vigilados. Cuando lográbamos
intercambiar algo de mercancía robada por dinero
o cuando, sin más, aparecían a nuestro paso como
recordatorios o como milagros.

Cada ciudad tiene dos o tres, siempre en el Centro.
Se trata de una anti-cadena; una anti-trasnacional.

Vetustos, es el adjetivo que mejor los describe; ruinas,
el mejor sustantivo. Vetustas ruinas. Algo pesado,
ciertamente, y real. Y a punto de no existir. Y ya muerto.

Los recepcionistas nos daban las llaves sin despegar
los ojos del televisor que siempre pasaba una pelea
de box en blanco y negro.

Había que avanzar por el lobby en sumo silencio
y subir las escaleras de caracol sintiendo, muy

conscientemente, cómo se deslizaba la mano derecha
sobre el gélido barandal de hierro. Si volvíamos
la cabeza hacia arriba, era posible ver el vitral que,
de día, refractaba la luz y, de noche, le hacía muecas
al infinito.

Nunca vimos a nadie más ahí. Nunca hubo ruidos.

Ya dentro de la habitación, desenredábamos las cintas
de los zapatos y suspirábamos ruidosamente.
Tomábamos agua. Encendíamos cigarrillos rubios.
Veíamos sin disimulo el techo.

Todo esto en el más absoluto de los silencios. Todo
esto como si nos hubiéramos aprendido de memoria
un guión sagrado o autoritario, o ambas cosas.

Luego salíamos a la terraza y nos sentábamos sobre
bancos diminutos y recargábamos los antebrazos
y los mentones sobre el barandal de hierro.
Así veíamos pasar a la vida.

Había imágenes de la niñez y, luego,
de la adolescencia. Entre una cosa y otra, tomábamos
tragos de lo que, habrá que admitirlo, no era agua sino
tequila. Si esperábamos un poco más, podíamos
ver hasta el presente.

—Ésa eres tú —decía, incrédulamente. Sin poder
evitar la sonrisa o la resignación.

—Ésa soy yo —respondía.

Cuando nos quedábamos en la terraza hasta
la madrugada, sintiendo el vientecillo cálido
de la ciudad sobre la frente y observando el fluir
de la vida que se iba por todos lados, avizorábamos
incluso el momento en que, años después,
ya sin cigarrillos aunque sí con tequila, yo escribiría
las palabras "vetustas ruinas", las palabras "fluir
de la vida", la palabra "vientecillo", debajo del letrero
de neón—siempre azul, siempre intermitente—
de Los Hoteles Vacíos.

las mujeres-con-pasado •

Se les reconoce porque siempre miran hacia atrás.
A veces es un gesto que quiere pasar desapercibido
—la mano que sacude polvo imaginario
de un hombro, los ojos que vuelan sin permiso,
el perfil en constante acecho— y otras el descarado
volverse justo cuando se ha doblado la penúltima
esquina.

Se les reconoce porque su ropa parece extraída,
invariablemente, de un clóset de 1940.

Las manos les tiemblan, oh tan levemente, cuando
llevan la taza de café a los labios rojos, estriados, vivos.

Se arremolinan sobre los asientos. Como se dice.

Se ven más jóvenes de lo que son.

No saben estarse quietas, excepto cuando ven hacia
los ventanales. Cuando el zumbido hipnótico de la
mosca se las lleva lejos. A través.

Son platicadoras, ligeras, solares. Discurren
con facilidad sobre el costo de la vida y el quehacer
de los gobernantes. Han visto todas las comedias
románticas con Meg Ryan o Julia Roberts.

Utilizan con frecuencia la palabra *carisma*.

En el alrededor de sus cuerpos se esparce a menudo
ese aroma algo dulce y algo empalagoso
de los perfumes pasados de moda.

Hay rumores a su paso. Bisbiseos abstractos, algas,
maravillas.

A mí me gusta verlas sobre todo del otro lado
de los ventanales. Cuando encienden el primer
cigarrillo, cuando aspiran el humo, cuando lo dejan ir.

Esa grisura.

Ese terco callarse.

Todo esto bajo el zumbido hipnótico de la mosca
que nos lleva lejos, a través de los cristales sucios
de grasa y de tiempo. Todo esto.

¿ha estado usted alguna vez en el mar del norte?

●

I
las individuas

Llegaron una a una como gotas; una a una como
naipes. Llegaron como llegan a veces las individuas
—indisolubles, solitarias, muertas de calor o de frío,
sucias de días, exhaustas.

Supongo que todas llevan las uñas rotas.

II
la manera en que levita la prosa

La primera emergió del Mar Norte a mediados
de febrero. Más que una aparición, un flash back.
Un corte —violento, sagaz, preciso— en el oleaje
mercurial. Tan pronto como se alisó el pantalón
de mezclilla y la camiseta negra, pidió un cigarrillo.

Preguntó por el nombre del lugar, la hora. Miró
a su alrededor con la Mirada Horizontal.

—Esto se llama Aquí —dije—. Y son las 2: 37.

—¿De la tarde o de la mañana? ?por la pregunta supe
que venía de otro planeta y que su mente tenía cierta
inclinación por lo que aquí llamamos *exacto*.
Por la manera en que aspiró el humo del primer
cigarrillo y, después, lo dejó ir, supe lo que tenía
que saber. *Esa grisura. Ese terco callarse.* En ese momento,
exactamente como la prosa, una mantarraya se despegó
apenas de la arena y, bajo el peso del agua, levitó.

—Del Ahora —sugerí.

El nombre con que se inscribió en el registro civil
de Este Mundo es el de Amaranta Caballero.

III
las esculturas súbitas

Los Desamparados y los Solos y los de Tres Corazones
Bajo el Pecho siempre encontraban una esquina
iridiscente, una ardiente oración, una almohada
de acechos en el cuarto de los ventanales sucios.

Desde ahí se veía una cara de Tijuana —la seca,
la inundada de luciérnagas, la ordenada, la mentirosa.

Desde ahí Tijuana nos veía.

Una mañana entraron las Verdaderas Palomas
por la ventana abierta y se cagaron sobre la cama
y la alfombra y los libros. Dejaron todo blanco
de mierda.

Amaranta Caballero y Abril Castro lo vieron todo
—la cama, la alfombra, los libros— e, inmóviles como
esculturas súbitas, se preguntaron, insistentemente:
"¿Así que esto era el amor?".

Esa grisura.

Ese terco callarse.

Y Tijuana —la seca, la inundada de luciérnagas,
la ordenada, la mentirosa— se sonrió con inusitada
cautela, con un decoro francamente inimaginable,
de su *cagado* susto.

IV
el mar del norte
y la (hetero)sexualidad

March 05, 2003
BLOGSIVELA 2003
XXVII.
(bramar, bufar, cantar, aullar)

Todo esto ocurre dentro de la imaginación
del narrador, dentro de sus deseos por ir detrás
del velo que cubre todas las cosas del mundo.
Todo esto:

LA PREGUNTA SE QUEDÓ SIN RESPUESTA:
¿Cómo se le llama al sonido escandaloso y hueco
que emiten los lobos marinos al acercarse a la costa?

ESCENA I:
Hay tres mujeres aproximándose al muelle. Mujer Uno
lleva abrigo color negro y bufanda a rayas. Mujer Dos
trae el cabello suelto y una tristeza muy descobijada
en los ojos. Mujer Tres camina despacio y canta en voz
baja.

DIÁLOGO EN CONDICIONAL:
—Deberíamos ir a la isla…

—Tal vez sí, pero tengo frío

—Yo también, pero sí deberíamos ir a la isla.

—Deberíamos espantar al frío.

—Tal vez.

ESCENA II:

Tres mujeres se aproximan al barco y, con cautela,
todavía dentro de la indecisión, dejan tierra firme
y se introducen, de un brinco, en el bamboleo
del navío. Mujer Uno teme que vomitará
de un momento a otro. Mujer Dos observa al hombre
que manejará la embarcación y, sin saber a ciencia
cierta por qué, mira hacia tierra firme con urgencia.
El vuelo de una gaviota le eriza la piel. El sonido
de los lobos marinos la deja impávida. Mujer Tres nota
la ansiedad en sus ojos alarmados y, tratando
de prevenir un ataque similar, busca la caja
de herramientas donde, para su alivio, descubre
un martillo. Luego recorre la cabina como si esperara
encontrar a alguien más a bordo. Una amenaza.
Un recién develado peligro. Mujer Uno observa
el momento en que la embarcación suelta las amarras.
Un segundo. Dos. La náusea desaparece. Los pulmones
se llenan de aire.

LO QUE MUJER UNO VE CUANDO
TODO MUNDO CREE QUE VE EL OCÉANO:
La iridiscencia que, sobre el oleaje marino, parece
un agujero que conectara a este mundo con otro
todavía imposible. Todavía divino.

LO QUE MUJER DOS VE CUANDO
TODO MUNDO CREE QUE VE EL OCÉANO:
Siente, sobre todo, el embate de las olas cuando
la embarcación cruza la boca de la bahía y se interna

en el mar adentro. El embate. Piensa en esa palabra
y cierra los ojos. La boca de la bahía. Los labios
de la costa. La lengua del litoral. El beso. El cruce.
El más allá. La corriente marina la empuja una y otra
vez con los mismos movimientos del hombre
que ahora vuelve a colocarse entre sus piernas.
Una y otra vez. El oleaje la zarandea. Abre los ojos
y el agua no es sino el cuerpo del hombre
que la penetra. Una y otra vez. En silencio. A gritos.

LO QUE MUJER TRES VE CUANDO
TODO MUNDO CREE QUE VE EL OCÉANO:
Hay una niña, el cuerpo de una niña, al ras del agua.
La corriente se la lleva poco a poco y, luego,
en un parpadeo, desaparece.

El sonido vacío y necesitado de los lobos marinos
las rodea. Un lamento. Un gemido. Un suspiro.
Esto dentro de un barco a medio hundir. Dentro
de una isla de óxido y piedra.

LO QUE ESCUCHA MUJER UNO:
Alguien me necesita. En algún lugar, lejos, alguien me
está necesitando ahorita.

LO QUE ESCUCHA MUJER DOS:
Cógeme. Súbete. Cómeme. Sí. Híncate. Tiéndete.
Ábrete. Date la vuelta. Así. Ciérrate. Primavérate.
Muérdeme. Éntrame. Salte. Pruébate. Ensalívame.
Híncate otra vez. Ládrame. Descánsame. Sí. Bájate.
Tiéndete. Empiézame. Termínate. Llénate. Chúpame.
Llórate. Celébrame. Así.

LO QUE ESCUCHA MUJER TRES:
La voz de Angelika Kirchschlager, intraducible.

DIÁLOGO EN INFINITIVO:
—Pero se supone que coger es rico.

—Coger es rico.

—Lo pobre, a veces, es lo que ocurre después.

—Pero coger es rico.

—Mhhhhh.

—O antes.

—Lo pobre. Sí.

LO QUE MUJER UNO NO DICE:
Soy la sombra que me persigue y el perseguimiento
y el cuerpo y la sombra.

LO QUE MUJER DOS CALLA:

Lifting belly. Are you. Lifting./Oh dear I said I was tender,
fierce and tender./Do it. What a splendid example of
carelessness./It gives me a great deal of pleasure to say
yes./Why do I always smile./ I don't know./ It pleases me./
You are easily pleased./ I am very pleased./ Thank you I
am scarcely sunny./ I wish the sun would come out./ Yes./
Do you lift it./ High./ Yes sir I helped to do it./ Did you/
Yes./ Do you lift it./ We cut strangely./ What./ That's it./
Address it say to it hat we will never repent./ A great many
people come together./ Come together./ I don't think this has
anything to do with it./ What I believe in is what I mean./
Lifting belly and roses./ We get a great many roses./ I
always smile./ Yes./ And I am happy./ With what./ With
what I said./ This evening./ Not pretty./ Beautiful./ Yes
beautiful./ Why don't you prettily bow./ Because it shows
thought./ It does./ Lifting belly is strong.[1]

LO QUE MUJER TRES SE GUARDA:

Si yo fuera hombre me andaría con cuidado. Si fuera
mujer.

ESCENA III:

Circundan la isla y, a petición de Mujer Tres,
la embarcación se detiene. El sonido del oleaje.
Su olor. Están dentro del Mar del Norte. Abren
una botella de champaña y, al chocar las copas
alargadas, piensan en una escena familiar.

---

[1] Gertrude Stein, *Lifting Belly* (EUA: The Naiad Press, 1995), 2-3.

—Por el daño —murmura Mujer Dos—, por el final del daño.

El chasquido de la cola de una ballena las hace virar los torsos. Inconscientemente. Iridiscentemente. Inmaculadamente.

—Por el final del daño, pues —dicen las otras dos a coro. Una sonrisa mercurial en el centro mismo de cada rostro.

LO QUE SUSURRA LA VOZ EN OFF:
Los lobos marinos braman, bufan, aúllan y cantan, misteriosamente. Un tono de voz propio de un bajo-barítono ideal para interpretar Winterrise de Schubert.

[retrocederá...]

posted by crg at 2:46 PM

V
presente paralelo

Esto es lo que ocurre: Matías ha dejado la puerta de la casa abierta y un pájaro de las Tierras Altas, un pájaro Común y Corriente, tan Común y tan Corriente como las Palomas Verdaderas de Tijuana, entra en la casa (del poema).

¿ha estado usted alguna vez en el mar del norte?

Aletea.

Aletea como imagino que aletea a veces
la heterosexualidad. Con desesperanza. Con algo
de prisa. Con ojos de jaula.

Al paso de su vuelo caen fotografías y adornos. Edades.
Susurros. Murallas.

Y me detengo frente a todo eso y, con la misma
inmovilidad de las esculturas súbitas, me pregunto,
insistentemente, "¿así que esto era el amor"?

Y nadie, absolutamente nadie, se ríe.

VI
una de sus manos iba siempre
en una de las manos de la muerte

Cuando yo todavía vivía en el Otro País y guardaba
mi silencio como si fuera un Silencio de Años,
me imaginaba, con frecuencia, a alguien así.

Tenía dos nombres en lugar de uno. Y dos manos.
Y tres piernas. Y cuatro ojos. Y demasiado de todo
lo demás.

Bífida, como se dice a veces de la lengua para indicar
que está llena de peligros.

Irresuelta, como se califica a menudo a las novelas sin final feliz.

Fluida, como la condición Posmoderna o como la vida misma.

Fumaba cigarrillos de esa manera en que he mencionado antes y, por eso, la reconocí. *Esa grisura. Ese terco callarse.* Su ropa del famoso clóset de 1940 y la mirada más allá del ventanal. Siempre. Su aleteo demencial. Su arremolinarse. Su no quedarse quieta.

Le decíamos arándano aunque olía usualmente a Eau de Cartier.

La llamábamos Abril aunque solía convertirse en Noviembre o en Marzo con la misma realista docilidad. Era una mujer o una mujer. Soberana como la miel que le prestó el color a sus ojos. Cielística. Inacabada. A-punto-de.

Bastaba con evocarla en la congregación del nosotras para que su cuerpo hiciera un nosotros.

Viajaba a toda velocidad y no sola. Una de sus manos iba siempre en una de las manos de la muerte. Así se sentía a salvo. Protegida de las alas del mediodía y del pesar más blanco.

Cuando yo vivía del Otro Lado de la Línea, silenciosa y exhausta, dentro de un Silencio de Años y sucia

de días, me preguntaba, con frecuencia, si existiría
alguien así.

VII
el gesto de la verdadera adicta

A veces el Mar del Norte se transformaba en manto
y había que verlo como algo ajeno.

A veces se lo podía uno colocar sobre los hombros
como cosa muy usada o querida, y sentir, dependiendo
de incógnitos elementos, su calor o su extravío.

A veces era posible sentarse en su orilla,
sosegadamente. Y volverse escultura súbita o nube
desmemoriada. O arena con filos.

Todo podía pasar ahí en realidad. A veces había
que sobrevolarlo como a un desastre. O alejarse como
de la epidemia. O resignarse como ante la enfermedad.

En más de una ocasión vimos la manera inesperada
y no por ello menos natural en que emergió del agua
la cabeza de Concha Urquiza

—Pero si usted está muerta —le recordábamos
de inmediato.

Y ella, sin ponernos atención, interrumpía cualquier
comentario para pedirnos, con ese gesto desesperado

del verdadero adicto, un cigarrillo. *Por el amor de dios.*
Por lo que más quieran. Ya que había dado la primera
chupada —honda, con placer, toda ella en otro lugar—
y ya que había dejado desaparecer en el aire
la bocanada gris, el humo de artificio, entonces
nos pedía una toalla.

—No saben la clase de frío que hace ahí —nos
aseguraba sin atreverse a volver la vista atrás. Cuando
constataba la sorpresa en nuestros rostros no era capaz
de aguantar la risa.

—¿Qué? ¿Ustedes son de las que creen
que Los Sumergidos nunca tenemos frío?

Éramos de ésas, ciertamente. Y, por serlo, guardábamos
un silencio inconfesable y vergonzoso mientras
bajábamos la vista.

—Por lo menos —murmuraba luego en son de paz—
podrían ofrecerme algo de vino.

Entonces, sin que se lo pidiéramos, sin
que lo esperáramos siquiera, La Sumergida alzaba
su copa y brindaba y chupaba ávidamente
de su cigarrillo, todo a la vez, todo como
si ya no tuviera tiempo o como si se le estuviera
acabando el tiempo, mientras se quedaba como
nosotras, sentada sosegadamente sobre la orilla
de arena del Mar del Norte, resignada ante
la enfermedad del agua y sobrevolando el desastre
con la Mirada Oblicua de la que ha muerto más

de una vez, de la que todavía no acaba de morir
o de la que, muriendo, reincide como una verdadera
adicta, con ese gesto de pordiosero y de mártir cruel
y de princesa degollada.

VIII
la invención de maggie triana

Saturday, May 17, 2003
BLOGSIVELA 2003

L.
(mayo es ahora)

Es que tomaron el boulevard rojo.
Es que no había luz.
Es que faltaba el agua.
Es que llegó Maggie Triana bajo el eclipse
(cabello rojo, pestañas extra-largas, uñas a medio
pintar)
y contó su peor sueño y su mejor pesadilla.

Es que se abrió el abrigo—negro, de peluche,
demencial—y se sonrió tres veces con el ojo izquierdo.
Es que recargó la cabeza sobre un hombro y, de regreso
al mundo, exclamó: esto es arándano (aunque
en realidad era Eau de Cartier).

Es que se señaló la boca.

Es que dijo: bésenme.
Y todas obedecieron—gustosas, sumisas, celestes.

Es que, como lo he anotado, no había luz.
Es que era jueves pero a todas les urgía ya que fuera
sábado.
Y Maggie insistía en contar —las manos en espiral,
la boca de vela en alta mar, la rodilla flexionada—
su peor sueño (el hombre que atravesaba el cuerpo
de la mujer para extraerle el músculo ése que, dijo,
algunos llaman corazón) y su mejor pesadilla (la mujer
que, en justo intercambio, atravesaba el cuerpo
del hombre para extraerle el ése que, repitió, algunos
llaman corazón).

Es que habían leído a Butler, Cixous, Wittig, Peri
Rossi, Pizarnik, Acker, Stein.

Y las mareaba el humo de los cigarrillos de clavo.
Djarum Black: *to enhance your smoking pleasure.*

Y nadie hablaba en el Café de Todos.

Es que la mantarraya descendía —deliciosa,
omnipotente, cándida— con esa lentitud casi
doméstica, esa lentitud de otro modo mitológica, hasta
la piel misma del océano.
Es que Amaranta Caballero caminaba descalza
y ecuménica sobre su propia lengua.
Y Abril Castro se volvía una pez-hadilla sobre
la almohada.

Y Maggie Triana declaraba, con precisión profética:
cubrir de árboles el bosque. Bosquejar una mujer.
Circundar una mujer. Cubrir de bosques una ciudad,
bosquejar una mujer, circundar los árboles.
Y Lucina Constanza guardaba silencio.
Y La Sumergida se acostumbraba poco a poco, aunque
no sin torpeza y sin intolerancia, a su nueva vida
de Emergida.

Todo esto dentro de la Ciudad Sin Nombre. Todo esto
en un lugar sin luz, sin agua.

Es que comieron uvas y pronunciaron las palabras
muslo, codo, traquea. Y también ésa que, Maggie
volvía a decir, algunos conocen como corazón.

Es que no sabían de la piedad. Y no les interesaba
hincarse.

Es que los fáunulos tomaban su siesta.

Es que faltaba el agua.
Y se quedaron meditabundas frente a la pregunta
¿por qué no?

Es que era mayo.
Es que mayo es ahora.

[retrocederá…]

posted by crg at 3:14 PM

IX
momento que define el concepto
de la felicidad idiota

Sunday, May 18, 2003
BLOGSIVELA 2003
LI.
(en el que La Autora, con su característico—aunque
falaz—distanciamiento, intenta describir un paisaje,
y un evento dentro del paisaje, pero sólo atina a hacer
una larga y oscura pregunta)

La palabra delfín nunca me ha gustado.
Ese predominio de las primeras letras del alfabeto
—de, e, efe, i— ese acento que le quita el punto
a todas las íes, esa verticalidad forzada por las puntas
de la de, la ele y el garfio apenas disfrazado de la efe,
el mal gusto de terminar en ene. Bi-silábica. Aguda.
Una palabra con todas las agravantes de la gramática
y de la evocación. Aún peor, de poderse, en plural.
Ur-Kitsch. Una verdadera aberración. Entonces, ¿cómo
describir la manera lenta, distraída, en que Tres
Personajes Femeninos salieron del Paralelo 32 después
de tomar enormes tazas de café y de fumar
innumerables cigarrillos encerradas, de forma
por demás ficticia, dentro de una duermevela olorosa
a sal, y cómo ese momento en que, ya casi escaleras
arriba, se detuvieron porque habían alcanzado
a observar una sombra, para entonces inexplicable,
en la marea mercurial de un océano gris
y relativamente pacífico, cuya similitud —me atrevería
a decir, su interpenetración— con el cielo —porque

el cielo también era mercurial y gris y relativamente
pacífico— hacía que la pregunta "¿existió, alguna vez,
el horizonte?" pareciera no sólo natural sino, además,
necesaria, o de cualquier manera inevitable, mientras
ellas, los Tres Personajes Femeninos, seguían ahí,
al pie del malecón, pronunciando la bi-silábica y aguda
palabra con un gusto retrógrado, es decir infantil,
o cuando menos pasado de moda, uniéndola,
de manera por demás reverencial a los vocablos
"signo", "divinidad", " destino", como si formaran parte
del mismo universo semántico, como si la bi-silábica,
que ya para entonces pronunciaban, para colmo,
en plural, y con irrebatibles sonrisas en rostros, manos,
piernas, pudiera compararse de alguna manera,
aunque fuera mínima, con ésas otras, firmes y volátiles,
enteras y heridas, con las que se hace la pregunta
"¿existió, alguna vez, el horizonte?"?

[retrocederá…]

posted by crg at 1:26 PM

X
una pelea con dios

La Emergida llegaba a veces extasiada de dolor, sola
como sobreviviente, olorosa a crystal y a semen.

Cuando le preguntábamos dónde había estado
contestaba que venía de Allá y, en sus ojos

de madrugada química, en su descalza voz de ex-
muerta, en cada una de las lanzas que perforaban
su costado alguna vez adolescente o divino, *Allá* sólo
quería decir Tijuana sin Luciérnagas. La Más
Verdadera. La Arpía.

Nuestro pudor, como lo llamaba, le causaba suspiros
escandalosos y delicadas sornas punzantes. Nuestras
costumbres *burguesas*.

—Su mar de mierda —balbucía. Y nos miraba desde
ese lugar donde sólo se oye el punzar de las venas,
el rasgar de la respiración. Y nos seguía viendo desde
los largos pasillos vacíos, desde los pasillos laberínticos
y rencorosos por donde sólo avanzaba el viento
de los bárbaros. Y no dejaba de mirarnos desde
la pecera. Y nos observaba.

Adentro.
Más adentro.
Debajo del agua y de la tierra.
Debajo del paladar.

—Su puto mar de mierda —reiteraba entre dientes,
con ese cansino hacer de cosa que ronda, con algo
de obscena gravedad en el tono de la voz, con cierto
anhelo de crimen—. Su puta mierda —deletreaba
hasta que, poco a poco, con toda seguridad
de la manera más lenta, aburrida tal vez o aquejada
ya de ese agotamiento radial que se asocia a menudo
con los recién resucitados, nos daba la espalda

y se ponía a ver el inicio de la luz a través
de los ventanales del cuarto.

Microscópicamente.
Las yemas de sus dedos sobre la superficie traslúcida
y vertical.
La frente. Las pestañas. La lengua.
Esa manera suya de postrarse. Y de orar.

—Están sucios —constataba después, mucho después,
cuando con o a pesar de la fatalidad conseguía estar
de vuelta—. Sucios de grasa y de tiempo.

XI
música de fondo

A veces se quitaban la piel y la colgaban
de los tendederos. Eso sucedía las mañanas
en que amanecían exhaustas, los mañanas
en que estaban a punto de decir no-aguanto-más.

Y la piel ondeaba de cara a la luz más preciada.
Y la piel se mecía en los brazos del viento, que son
los Brazos de Nadie, como si no existiera en realidad
ninguna razón para morir.
Olorosa a tacto y a pólvora y a flores de plástico
y también a limón, la piel mostraba sus cicatrices
con esa indiferencia que frecuentemente se confunde
con el orgullo.

Era un cuadro de aspiración bucólica y de belleza naif.

Si no hubiera sabido que eran sus pieles, sus pieles
en esos mañanas en que estaban muy cerca
de sumergirse, habría podido pensar que se trataba
de un spot televisivo al que sólo le faltaba la música
de violines y de hachas.

XII
las feministas

Pronunciaban la palabra. La escupían. La celebraban.
Corrían.

(Atrás de este vocablo debe oírse el pasar del viento).

Hablaban a contrapelo. Interrumpiéndose.
Ah, tan descaradamente.
Vivían a la intemperie, que es el mismo lugar donde
sentían.
Supongo que así nacieron.
No sabían de refugios, de techos, de amparos,
de patrocinios.
Estaban heridas de todo (y *todo* aquí quiere decir
la historia, el aire, el presente, el subjuntivo,
el contexto, la fuga).
Agnósticas más que ateas. Impactantes más
que hermosas. Vulnerables más que endebles. Vivas
más que tú. Más que yo. Estoicas más que fuertes.
Dichosas más que *dichas*.

Intolerantes. Sí. A veces.

¿Mencioné ya que eran brutales?

Caminaban en días de iracunda claridad como musas
de sí mismas
(eso ocurría sobre todo en el invierno cuando
los vientos del Santa Anta iban y venían
por los bulevares de Tijuana, arrastrando envolturas
de plástico y el polvo que obliga a cerrar los ojos
y negar la realidad)
a la orilla de todo, bamboleándose
eran la última gota que cuelga de la botella
(la mítica de la felicidad o la aún más mítica
que derrama el vaso y el sexo
impenetrable en la mismidad de su orificio)
y caían.

El colmo.
La epítome.
El acabóse.

(Por debajo de estas frases debe olerse el tufo que deja
tras de sí el viento horizontal).

Supongo que sólo con el tiempo se volvieron así.

Con hombres o, a veces, sin ellos, besaban
labiodentalmente.
Y se mudaban de casa y se cambiaban los calcetines
y preparaban arroz.

Y bajaban las escaleras y tomaban taxis y no sentían
compasión.
Decían: Este es el viento que todo lo limpia.
Y pronunciaban la palabra. Enfáticas. Tenaces.
Prehumanas.

Tajantes. Sí. Con frecuencia.
Conmovedoras más que alucinadas. Sibilinas más
que conscientes. Subrepticias más que críticas.
Hipertextuales. Claridosas.

Estoy segura de que ya mencioné que eran brutales.

Fumaban de manera inequívoca.
Cambiaban de página con la devoción y el cuidado
minimalista de las enamoradas.
Siempre andaban enamoradas.
En los días sequísimos del Santa Ana elevaban
los rostros y se dedicaban a ver (podían pasar horas
así) esas aves que, sobre sus cabezas, remontaban
lúcidamente el antagonismo del aire.

Y el Santa Ana (y aquí debe oírse una y otra vez
la palabra) (una y otra vez) despeinaba entonces
sus vastas cabelleras ariscas. Sus cruentas pestañas
(una y otra vez).

XIII
no sé de qué otra manera
describir la palabra violencia

Monday, October 06, 2003
BLOGSIVELA 2003
LXVI
(el nombre, la narrativa, y la violencia)

RECUERDO
Un hombre le pregunta a otro si se dice "corrupto"
o "corrompido". Esto ocurre, lo recuerdo, a la entrada
del Palacio Municipal, frente a un puesto
de periódicos, bajo una manta que reza:
AQUÍ SE RECIBEN SUS ARMAS DE FUEGO.

DES-APARICIÓN
Sueño y, dentro del sueño, soy una sonámbula
que sabe (con el hartazgo que da la certeza absoluta)
(con ese sutil aburrimiento de cosa-que-
ineludiblemente-se-acaba) que pronto despertará.
Lo hago cuando Alguien toca a mi puerta.

—Está lloviendo —le digo antes de que él se vuelva
hacia su auto y me señale el rostro amoratado
de una mujer tras la ventanilla.

—La encontré cerca del bosque —me informa—.
Me dio su dirección.

Los observo a los dos, sin entender (que es como
le corresponde ver a alguien que acaba de regresar
de un sueño dentro del cual era una sonámbula).
Los observo por largos minutos amurallados.
Los observo y, finalmente, de algún lugar
de la conciencia (que, como la inconsciencia, no está
escondida sino en todos los sitios) sé con exactitud
lo que debo hacer. Voy hacia mi bolso, lo abro,
extraigo un par de billetes de la cartera, regreso, coloco
los billetes extraídos sobre la mano del hombre, le doy
las gracias, le sonrío.

Acaba de ocurrir un intercambio.

—¿Es su pariente? —me pregunta justo en el momento
en que duda. Cuando está ya a punto de darse
la vuelta y cerrar para siempre el incidente llamado
Encontré a Una Mujer Amoratada Cerca del Bosque,
el hombre no lo puede evitar y titubea.

—¿Qué? —le sonrío ahora—, ¿le parece que nos
parecemos?

SIGNIFICADOS DE LA LLUVIA
Cuando el momento del despertar sucede bajo la lluvia
quiere decir que La Verdadera Historia no ha iniciado
aún.

La lluvia es anticipación.

Estar bajo la lluvia y estar despierto es lo mismo
que ser una sonámbula que sabe lo que acabará
pasando dentro de un sueño.

La lluvia es exceso.

Cuando una Mujer Amoratada se (des) aparece bajo
la lluvia quiere decir que urge enunciar la palabra
"sangre", la palabra "violencia", las palabras
"para siempre".

LA MIRADA IMPOSIBLE
En *The Plague of Fantasies*, especialmente en el capítulo
titulado "The Seven Veils of Fantasy", dice Slavoj Zizek
que una narrativa fantasmática siempre involucra una
mirada imposible, es decir, la mirada a través de la cual
el sujeto se hace presente en el momento mismo
de su propia concepción.[2] Yo leo esto justo cuando
La Mujer Amoratada se vuelve a verme desde detrás
de la ventanilla y su mirada atraviesa el cuerpo
(casi invisible) (casi presente) de la lluvia.

Acaba de ocurrir un intercambio.

EL EXTRAÑO, AUNQUE INELUDIBLE, RETORNO DEL NOMBRE
Bajo la lluvia.

---

[2] Slavoj Zizek, *The Plague of Fantasies* (New York: Verso, 1997), 16.

Dentro de la distancia que inaugura y humedece
la lluvia.
En la travesía que va de La Mirada Imposible hasta
el momento mismo de La Propia Concepción.
El retorno del nombre ocurre como ocurre
un intercambio.

Digo: Agnes.[3]

Y el mundo, que es la narrativa, "se apresta a resolver
un antagonismo fundamental reorganizando sus
términos en una sucesión temporal".[4]

LA VERDADERA HISTORIA

Agnes guarda silencio. Agnes no cuenta nada. Agnes
me mira con La Mirada Imposible y, en ese momento,
me doy cuenta que me he puesto un vestido de
invierno. Agnes se sienta a la mesa y acepta el té
que le ofrezco. Luego, Agnes abre la boca y veo el sitio
donde alguna vez tuvo la lengua.

—¿Quién lo hizo? —le pregunto lo imposible
irracionalmente, inmediatamente, salvajemente.
Luego medito sobre los colores de mi vestido.

[3] Véase capítulo I de la blogsivela "Words are the Very Eyes of Secrecy"
(www.cristinariveragarza.blogspot.com).
[4] Zizek, *The Plague of Fantasies*, 11.

Éste es el momento de enunciar la palabra "sangre",
la palabra "violencia", las palabras "para siempre".
Éste es el momento de dar inicio a la historia.

GRUÑIR, GEMIR, PUJAR
Pronuncio su nombre. Lo hago varias veces. Lo hago
y, viéndola, me cuesta trabajo creer que ése y no otro,
y no cualquier otra cosa, sea su nombre.

—Agnes —le susurro mientras acaricio el dorso
de su mano—. Agnes tú estabas muy lejos.

Ella abre la boca.

(el momento de la oscuridad)

(el momento que no se puede designar con el verbo
"expresar")

Agnes abre la boca y se hace El Mar.

LO QUE HACE EL LENGUAJE
Aquí se reciben sus armas de fuego.

SUCESIÓN TEMPORAL
Toma el té a sorbos pequeños mientras posa La Mirada
Imposible sobre la ventana.
Recuerda sucesos, intercambios, ocurrencias.

El Rostro Amoratado se cansa.
Le digo: tú estabas muy lejos.
Todo a nuestro alrededor se vuelve mar.
La conduzco hasta el ático en el que se encuentra
el lecho donde descansará.
La Mirada Imposible se cierra dentro de sí misma.
Hace frío.
Un momento de suma oscuridad.

Le digo: ahora estás muy cerca.

CONFESIÓN
No sé de qué otra manera describir la palabra
"violencia".

[retrocederá…]

posted by crg at 11:28 AM

XIV
junto al hecho iridiscente

Así que esto era el dolor…

(un ella o un él dijo esto).

XV
todas son cosas que pasan

Monday, October 20, 2003
BLOGSIVELA 2003
LXXIII
(Ésta no es la palabra "tacto".)

La ex-muerta se sienta sobre cojines de colores
y, expeliendo anchas bocanadas de humo, dice:
"no existo".

Le pido que lo pruebe.

(Afuera resplandece el sol de octubre. Un ave canta
al lado de la ventana. El aire pasa.)

Me ve con los ojos entornados y, como si aceptara
el reto, me da la espalda.

Dice: Hace mucho, un Ser-de-Ojos-Amarillos también
me decía lo mismo.
Dice: En una pesadilla.
(Entre "Dice" y "Dice" guarda un silencio largo lleno
de más silencio.)

Pregunta: ¿Así que esta es la Ciudad-sin-Nombre?
Respuesta: No, esta es mi casa.
(Entre "Pregunta" y "Respuesta" el exterior ilumina
el interior donde, efectivamente, para mi asombro

y horror combinados, yace en ruinas un hecho urbano
al que nunca nadie le puso hombre.)

(Entre "Pregunta" y "Respuesta" el Ser-de-Ojos-
Amarillos me señala el cuerpo.)

(Entre "Pregunta" y "Respuesta" se hace frente a mí,
fosforescente, la palabra "tacto".)

Afirmación: Esta es la palabra "Tacto".
Negación: Esta no es la palabra "Tacto".
(Entre la "Afirmación" y la "Negación" una mano
se lanza al vacío.)

(Entre la "Afirmación" y la "Negación" el vacío
se vuelve mano.)

(Todo puede ocurrir entre la "Afirmación"
y la "Negación".)

Pregunta: ¿Así que no existes?
Respuesta: Estoy bajo el agua. La saliva me sabe
amarga. ¿Sabes qué es el luto?
(No hay nada entre esta "Pregunta" y esta "Respuesta".)
(No hay nada, sino sus ojos amarillos, entre esta
"Pregunta" y esta "Respuesta".)

El recuerdo de un hombre rubio que corre
por un pasillo estrechísimo abriendo puertas
de madera que se cierran, sin remedio, a su paso.

El estruendo.

El recuerdo de una mujer que toma pastillas de colores
mientras observa nubes inconmovibles del otro lado
de la ventana.

El recuerdo de la boca violeta, destrozada.

El recuerdo de un auto a toda velocidad justo cuando
encuentra el único árbol del camino.

Un beso.

Todas son cosas que pasan.

Lo que supongo: el luto es el desarrollo del significado
a través del tiempo.

[retrocederá…]

posted by crg at 11:00 AM

XVI
el lecho iridiscente

Tuesday, October 14, 2003
BLOGSIVELA 2003
LXX
(el pronombre, el texto, la primera despedida).

La mujer crea un bosque (de oyameles) (bajo
las nubes) (en las laderas del volcán).
La mujer entra en el bosque. Lo circunda. Lo penetra.

(Hanzel y Gretel se preparan, de su mano y sin
saberlo, para un filicidio o para una errancia.)

La mujer se pierde y se abandona dentro del bosque.
Y dentro del bosque se despide.

(El momento es tan largo que casi parece la traducción
de un bosque.)

La mujer prescinde de la Tercera Persona. La Triplicada
Santísima Trindad. La Agnes-Lucina-Nombre-
Oculto-que-Nunca-se-Sabrá. La Amaranta-
Caballero-Abril-Castro-Maggie-Triana.

La mujer conoce el Yo

(el momento es tan poco momento que casi parece
una eternidad).

¿ha estado usted alguna vez en el mar del norte?

Y el Yo sólo sabe doler

It cannot be helped, on earth
we play at people*

el Yo es una astilla que se clava en la yema del dedo
       índice del Yo
el Yo es una guillotina que separa la cabeza del cuerpo
       del Yo
el Yo se muerde la lengua y la escupe
el Yo conoce a La Muda.

La Muda soy Yo, dice La Muda paradójicamente.
La Muda Paradójicamente también soy Yo

Y entonces construyo El Texto
(que es el bosque)
y dentro del Texto está La Ciudad
(y por ser la ciudad de mi texto la ciudad no tiene
nombre)
y alrededor de la Ciudad-Sin-Nombre está el océano
(el Hecho Iridiscente)
(el Lecho Iridiscente).

Y el Yo todavía sólo sabe doler

But in her
The child—I cannot

---

* Gennady Aygi, "Quietness," *Selected Poems 1954-1994,* trad. por Peter
France (Evanston, Illinois: Northwestern University Press, 1997), 41.

Pray. She is in herself
A prayer. You, in this quiet circle
Yourself
Are utterly
*In Yourself.**

(acaba de suceder un momento tan corto como
    la misma invisibilidad).

Hanzel y Gretel son libres ya
(todo esto dentro de la muerte)
(y la muerte usualmente es una errancia).

Y entonces El Texto construye el Yo
(porque sus líneas son sarcófagos también)
y Yo soy la mujer que se pierde en un bosque
(y soy los oyameles y las nubes y las laderas
    del volcán)
y Yo soy el cuerpo que se tiende sobre sus hojas
(y soy el color verde y el color café y el color gris)
y Yo soy quien va hacia la Tercera Persona
(trémulamente)
(en medio de tanto aire)

y la deja ir.

in the light of valley-crossings
it seemed—that children awoke amid grasses
and their singing sought words—somewhere nearby

* Aygi, "Leaf-fall and silence", 181.

as if from there
it seemed—

in the mist of the shining of the world
they remained like pearls like islands

*more painfully than in life—to shine**

(éste es El Texto del Yo para la Ex-Muerta).
(Ésta es la primera despedida.)

[retrocederá…]

posted by crg at 12:00 PM

XVII
la espalda, un poema cifrado

Wednesday, October 08, 2003
BLOGSIVELA 2003
LXVIII
(el texto de espalda)

Si algo nos enseña la fotografía temprana de la artista
africano-americana Lorna Simpson es que, efectivamente,
"la cara se lee como una noticia; la espalda como

* Aygi, "Forests—Backwards," 187.

un poema cifrado".* Cada uno de los retratos de esas
mujeres negras y anónimas que le niegan el rostro
al observador parece estar indicando también que dar
la espalda es, como dar la cara, un verdadero desafío,
aunque de naturaleza distinta. El que da la espalda
niega, desaira, recusa, se da por vencido, se retira.
El que da la espalda provoca el coraje o la imaginación.
El que da la espalda crea la distancia dentro
de la cual se desdobla el ojo alucinado.

Agnes camina de espaldas ahora mismo.

Lucina, a quien un Hombre Cruel persigue en La Ciudad
Sin Nombre, no da la cara nunca, da la espalda.

Amaranta Caballero da la espalda cada que prepara té
o café, actividades altamente simbólicas en su vida.

Maggie Triana y Abril Castro viven en perpetua retirada.

La Ciudad Sin Nombre no puede dar la cara que no
tiene.

Los textos del yo son un solo texto de espalda.

[retrocederá...]

posted by crg at 1:47 PM

* AA.VV. *Lorna Simpson* (España: Centro de Arte de Salamanca, 2002).
La cita textual proviene de Georges Banu, *L'homme de dos* (París: Adam Biro,
2000).

XVIII
la dichosa

Decía: Yo no soy la dicha.
Si tú me dices, yo me desdigo.

Insistía: Si tú me dijeras, yo sería la *des-dicha-(da)*.

Añadía: Yo digo.
Yo soy mi propia dicha.

Concluía: dichosa yo que puedo decir.
Y decirte.

Cosas por el estilo le preocupaban a la Ex-Muerta,
la Emergida, la mismísima Concha Urquiza ahí, sobre
la arena.

XIX
la dichosa *bis*

La ex-muerta miraba hacia atrás. Enunciaba, con una
lentitud muy suya, los nombres de ciertas ciudades:
Nueva York, Ciudad de México, San Luis Potosí,
Tijuana. Nos miraba a través de su propia cortina
de humo. Nos enumeraba: Una, Dos, Tres.
　　—¿Y por eso sufren? —preguntaba con desgano.
Luego se volvía a ver el mar del norte. *Esa grisura.*
Ese terco callarse. —¿Seguirá el agua tan fría? —

murmuraba, y no se sabía si lo afirmaba o si sentía
curiosidad. No se sabía si quería regresar.

Le dábamos pena, risa, ternura, melancolía,
envidia, ganas de matar. Le dábamos lo que los vivos
le dan a los muertos y viceversa. Todas esas cosas que
acontecen abajo del agua, hasta el fondo del mar.
En el norte. Le dábamos gusto, alegría.
La convertíamos, con nuestro andar, en la dichosa.
Eso decía.

XX
historia

Tuesday, May 20, 2003.
BLOGSIVELA 2003

LIII
(muchos años después, desde otro punto de vista)

Dice que era un día cubierto de nubes
pero, paradójicamente, saturado de luz. Como
si la claridad no fuera generada desde un solo astro
rector, sino producida por cada una de las partículas
del medio ambiente. Una luz delgadísima, de tintes
amarillos. Una red. Tan orgánica que podía respirarse.

—Dentro de esa luz —dice—, sucedió todo.

Ve hacia el techo y no hacia el rostro del hombre
que, vestido de negro, lo observa desde detrás
de su escritorio. Ve el techo como si viera la luz
de la que habla en tonos quedos, casi imposibles.

Cuenta que estaba en la playa, que habían ido ahí,
a las costas del Mar del Norte, para pasar unas cortas
vacaciones en familia: su padre, su madre, su hermana,
él mismo. Ese día el padre los había ayudado
a construir los muros de un castillo de arena
lo suficientemente grande como para contener
a los dos hijos. Su energía. Su gozo. La madre los veía
desde lejos, sentada en la tumbona de plástico, desde
detrás de los lentes oscuros. Cuenta que estaba feliz
de esa manera unívoca y total en que lo son algunas
veces los niños.

—Hacía frío —dice—. El viento, fino también, tan
delgado como la luz, no alcanzaba a calentarse a su
contacto.

Guarda silencio.

—Sí —repite—. Era un día frío y lleno de luz.

Describe que ya habían empezado a jugar con la pelota
roja, de plástico. Una baratija que, a última hora,
la madre había subido al coche. La hermana la había
pateado con fuerza y la pelota, vacía y sin gravedad
alguna, estaba flotando sobre las olas que lamían
la arena. Describe su manera de ir por la pelota:
no pensaba en otra cosa. Una línea recta.

—Entonces las vi —murmura—. Tres figuras
que caminaban a paso lento sobre la arena.
Tres fantasmas observando la luz en el silencio más
absoluto. Tres mujeres. Tres Personajes Femeninos.

Refiere que se quedó detenido con el objeto rojo entre
las manos, imposibilitado a dar un paso más o a virar
el rostro. Refiere que aún así como estaba, inmóvil
y pasmado, las siguió con la mirada. Dos figuras
tomaron asiento sobre una piedra, mientras la Tercera
se recostaba directamente sobre la arena. No hablaron.
Veían las aguas del océano con una concentración
definitiva.

—No estaban ahí en realidad —murmura—.
No estaban en ningún lado. ¿Me explico? O estaban
en todos lados. En todos los Mares del Norte.

El hombre del otro lado del escritorio asiente
con la cabeza sin ninguna expresión en el rostro.

—Tuve ganas de escribir en ese mismo momento
—murmura, bajando la vista, como si tal deseo le
ocasionara vergüenza, desazón, arrepentimiento—.
Las veía y dejaba de verlas, ¿me explico? Por el deseo
de escribir.

Cuenta que quiso salir corriendo hacia su cuaderno
pero que tenía el deseo, igualmente avasallador,
de permanecer ahí, observándolas, viendo la manera
en que guardaban silencio y, dentro de ese silencio,
la manera diminuta en que, sin previo aviso,

sin cambio perceptible en las facciones del rostro, empezaron a llorar. Las tres. Cuanta que el recorrido vertical de las lágrimas fue lentísimo.

—Toda una eternidad ahí —dice—. Y yo quise escribir eso —reitera—. Escribir que ése era uno de esos pocos, poquísimos días en que la pregunta "¿existió, alguna vez, el horizonte?" emerge de una forma natural.

Guarda silencio y luego dice:

—Fue ese día. Lo sé.

Y luego guarda silencio una vez más. Exhausto.

—Poco después emigramos a América —es la primera vez que observa la ventana rectangular por la que se cuelan los filos de los rascacielos aledaños, el cielo gris, un pájaro enano—. Aquí —balbucea.

El silencio en el cuarto pulcro es tan absoluto ahora como el que describe.

—¿Y desde entonces se llama usted Marty N. Omas? —le pregunta.

—Sí —una mueca sobre su rostro, un gesto dentro del cual se concentra el tiempo, todo junto, todo a la vez—. Les era difícil pronunciar Martynov Nisherek Omashnujäc. Mi nombre.

Luego ya no dice nada.

—Había delfines en la playa —el comentario brota
de la nada, de esa nada que se produce cuando
el interlocutor sabe que el tiempo se acaba—. Saltaban,
¿sabe usted? Salían del agua a gran velocidad y,
ya en el aire, se contorsionaban con una gracia de otro
mundo. Algo divino —dice—. Sí —repite—.
Algo divino.

Sonríe. Esa mueca. Lo está viendo todo otra vez.

—Se trató de un día feliz.

El hombre detrás del escritorio se vuelve a ver, con suma
discreción, el reloj que coloca siempre en el extremo
izquierdo del mismo, de espaldas a sus pacientes.

—Bien, señor Omas, lo veo la próxima semana.

—¿Ha estado usted alguna vez en el Mar del Norte?
—le pregunta antes de cerrar la puerta tras de sí.

El hombre detrás del escritorio lo observa. Va hacia él.
Le extiende la mano. La estrecha. Lo ve a los ojos y,
de súbito, baja la vista.

—La próxima semana, señor Omas.

[retrocederá...]

posted by crg at 11:09 AM

ÍNDICE

LIBRO II: *Yo ya no vivo aquí*
[83]
Exhortación primera: ¿Quieres saber lo que se siente?
    [87]

Los textos del yo se terminó de imprimir y encuadernar en septiembre de 2006 en Impresora y Encuadernadora Progreso, S. A. de C. V. (IEPSA), Calz. de San Lorenzo, 244; 09830 México, D. F. En su composición, parada en el Departamento de Integración Digital del FCE, se usaron tipos Berkeley de 18, 11:14, 10:14 y 9:11 puntos. La edición consta de 1 000 ejemplares.